Bibliografische Information der Deutschen Nationalbibliothek: Die Deutsche Nationalbibliothek ver-
zeichnet diese Publikation in der Deutschen Natio-
nalbibliografie; detaillierte bibliografische Daten
sind im Internet über dnb.dnb.de abrufbar.

Die automatisierte Analyse des Werkes, um daraus
Informationen insbesondere über Muster, Trends
und Korrelationen gemäß §44b UrhG („Text und
Data Mining") zu gewinnen, ist untersagt.

Verlag: „BoD · Books on Demand GmbH, In de Tar-
pen 42, 22848 Norderstedt, bod@bod.de"

Druck: Libri Plureos GmbH, Friedensallee 273, 22763
Hamburg

ISBN: 978-3-7597-4929-1

Widmung

Für meine geliebte Frau Gianna und meine wunderbare Mutter Susanne, die mir in den herausforderndsten Zeiten beigestanden haben. Eure Liebe und Unterstützung haben mir Kraft gegeben, meine Geschichte zu erzählen und meine Träume zu verfolgen.

In diesem Buch teile ich die Erfahrungen, die ich gemacht habe, als ich mit der Diagnose Diabetes konfrontiert wurde und als meine Augenerkrankung erkannt wurde. Es ist eine Reise voller Herausforderungen, aber auch voller Hoffnung und neuer Perspektiven.

Danke, dass ihr immer an meiner Seite seid, eure unerschütterliche Unterstützung hat mir geholfen, nicht nur die Schwierigkeiten zu überwinden, sondern auch die Schönheit des Lebens zu schätzen.

Möge dieses Buch ein Licht für andere sein, die ähnliche Kämpfe durchleben und ein Zeugnis für die Kraft der Liebe und Familie.

Vorwort

Liebe Leserinnen und Leser,

Es freut mich, Sie auf den Seiten meines Buches willkommen zu heißen. In den folgenden Kapiteln möchte ich Ihnen meine persönliche Geschichte erzählen – eine Geschichte von Herausforderungen, Rückschlägen und letztlich von Hoffnung und Neuanfängen.

Vor einiger Zeit erhielt ich die Diagnose Diabetes Typ 2, die mein Leben auf den Kopf stellte. Plötzlich sah ich mich mit einer Krankheit konfrontiert, die nicht nur meine körperliche Gesundheit, sondern auch meine Sehfähigkeit stark beeinträchtigte. Diese Zeit war geprägt von Ängsten und Unsicherheiten und ich fand mich in einer Welt wieder ‚die ich nicht mehr zu verstehen schien.

Doch anstatt aufzugeben, beschloss ich, mich zurückzukämpfen. Ich wollte nicht nur meine Gesundheit zurückgewinnen, sondern auch mein Leben neu gestalten. In diesem Buch teile ich die Höhen und Tiefen meines Weges, die

Strategien, die mir geholfen haben und die Lektionen, die ich auf dieser Reise gelernt habe.

Ich hoffe, dass meine Erfahrungen Ihnen Mut machen und Ihnen zeigen, dass es auch in den dunkelsten Zeiten einen Weg zurück ins Licht gibt. Lassen Sie uns gemeinsam auf diese Reise gehen.

Vielen Dank, dass Sie mir die Möglichkeit geben, meine Geschichte mit Ihnen zu teilen.

Herzlichsten Dank, Sebastian

Vorstellung der Personen

Sebastian

Ich bin 41 Jahre alt und lebe ein Leben voller Herausforderungen, Träume und unvergesslicher Momente. In diesem Buch möchte ich meine Geschichte erzählen – die Reise, die mit der Diagnose Diabetes begann und die mich durch verschiedene Höhen und Tiefen geführt hat.

Ich bin ein Mensch, der das Leben in vollen Zügen genießt, auch wenn es nicht immer einfach ist. Meine Familie ist meine größte Stütze und ich schätze die kleinen Dinge im Leben, die oft die größte Bedeutung haben.

Mit meiner Frau Gianna an meiner Seite und unserer treuen Australian Shepherd-Hündin Amy, die immer für gute Laune sorgt, finde ich Kraft und Freude in den alltäglichen Momenten.

In den folgenden Seiten lade ich Dich ein, mich auf dieser Reise zu begleiten – auf dem Weg durch die Herausforderungen meiner Erkrankung, die Unterstützung meiner Liebsten und die Hoffnung auf eine positive Zukunft. Es ist eine Geschichte des Kampfes, der Resilienz und der unerschütterlichen Liebe, die ich mit Dir teilen möchte.

Gianna

Meine wunderbare Ehefrau, mit der ich seit drei Jahren verheiratet bin. Sie ist nicht nur meine Lebenspartnerin, sondern auch meine größte Unterstützerin. Ihre unerschütterliche Liebe und ihr Verständnis haben mir in schwierigen Zeiten Kraft gegeben. Gemeinsam haben wir viele Höhen und Tiefen erlebt und ich bin dankbar, dass sie an meiner Seite ist.

Susanne

Meine liebe Mutter, die mir von klein auf mit ihrer Fürsorglichkeit und Weisheit zur Seite steht. Ihre Stärke und ihr unermüdlicher Einsatz für ihre Familie haben mir in vielen schwierigen Momenten Halt gegeben. Sie ist eine Quelle der Inspiration und ein wichtiger Teil meiner Lebensgeschichte.

Manni

Der Mann meiner Mutter, der mit seiner humorvollen Art und seinem pragmatischen Denken stets für eine positive Atmosphäre sorgt. Er hat mir beigebracht, das Leben mit einem Lächeln zu betrachten, und unterstützt mich immer, wo er kann.

Amy

Unsere treue Australian Shepherd-Hündin, die seit sechs Jahren Teil unserer Familie ist. Ihr erstes Lebensjahr war geprägt von Abneigung, Verwahrlosung und einem Leben im Tierheim. Auch sie hat ihren Kampf gekämpft und hat die Hoffnung auf ein schönes Zuhause nicht aufgegeben. Seitdem sie bei uns lebt bringt sie Freude und unendliche Energie in unser Leben. Sie ist mehr als nur ein Haustier. Sie ist eine ständige Begleiterin, die uns mit ihrer verspielten Art und ihrem bedingungslosen Vertrauen immer wieder aufmuntert.

Herr Knackmann

Mein Hausarzt, der mir nicht nur medizinisch, sondern auch menschlich zur Seite steht. Seine Geduld und sein Verständnis haben mir geholfen, meine Gesundheit besser zu verstehen und zu managen. Er ist ein wichtiger Anker in meinem Leben.

Dr. Tommel

Mein Diabetologe, der mir wertvolle Unterstützung und Fachwissen im Umgang mit meiner Diabetesdiagnose bietet. Seine Expertise und sein einfühlsamer Umgang haben mir geholfen, die Herausforderungen meiner Erkrankung besser zu bewältigen und neue Perspektiven zu gewinnen.

Kapitel 1

Der erste Schock

Anfang April 2024, ein sonniger, schon leicht warmer Tag. Beim Blick auf den Rasen und die Blätter der Bäume bemerkte ich, dass die Farben nicht mehr so kräftig wirkten, wie ich es sonst kannte. Auch wirkten einige Grüntöne eher grau oder blau, zumindest nicht mehr kräftig grün.

Ich sagte zu Gianna, meiner Frau: „Irgendwie ist es merkwürdig mit meinem Gucken, die Farben sind nicht mehr so wie ich es kenne. Blau sieht grün aus, Grün sieht blau aus, manches auch grau." Meine Farbwelt war durcheinander geraten.

Vielleicht lag es an dem in diesem Jahr noch ungewohnt grellen Licht der Sonne? Vielleicht lag es an meiner Brille?

Ich hatte noch keine richtige Begründung dafür und suchte nach Gründen und versuchte es mir selbst zu erklären, an eine Erkrankung meiner

Augen dachte ich hier noch nicht im entferntesten.

Auch Google brachte keine eindeutigen Ergebnisse. Von falsch eingestellter Brille, über grauen Star bis hin zum Gehirntumor war alles möglich. Für mich erklärte ich es mir dann also erstmal mit dem kleinsten Übel – „Die Brille ist schon drei Jahre alt und wahrscheinlich haben sich die Filter in den Gläsern abgenutzt oder die Lichtbrechung ist nicht mehr so, dass die Farben alle gut passen". Etwas schlechter war mein Sehen auch geworden, das merkte ich schon auf der Arbeit. Ich hatte bereits bei Outlook einen Textzoom eingestellt um die Mails noch richtig lesen zu können. Auch hier schob ich es erstmal auf die Brille.

Heute war Mittwoch, ich entschied einen Termin beim Optiker zu machen, in dem Gedanken, dass mit einer neuen Brille alles wieder top sein würde. Gesagt getan – Online einen Termin bei Fielmann gemacht, für Donnerstag 16:30 Uhr.

Gianna hat mich gebeten auch für sie einen Termin zu machen, da auch sie der Meinung war, dass ihr Sehen schlechter geworden sei. Somit buchte ich also noch einen weiteren Termin für den Donnerstag. Wir wollten dann gemeinsam zum Optiker, uns kurz durchchecken lassen und für jeden von uns eine neue Brille aussuchen.

Für den heutigen Abend hatte Gianna mich gebeten: „Können wir noch nach Flensburg fahren? Da ist Jahrmarkt und Flo und Klausi kommen mit dem Wohnmobil".

Flo und Klausi, zu der Zeit noch Bekannte von uns. Flo streamte häufig auf TikTok und machte dabei jede Menge Blödsinn. Oftmals schlug er auch über die Stränge, ohne es zu merken. So machte er sich durch seine tollpatschige Art häufig lächerlich, er tat uns ein bisschen leid, war aber gleichzeitig auch super unterhaltsam. Gianna feierte seine Streams und wollte es auf keinen Fall verpassen live dabei zu sein, wenn wieder irgendwas tollpatschiges von Flo passiert.

Wir verabredeten uns also für den Jahrmarkt. Gianna war, so wie sie es immer ist, wenn etwas

Besonderes ansteht, sehr aufgeregt und konnte es kaum erwarten, dass wir endlich losfahren. Wir machten uns also viel zu früh auf den Weg nach Flensburg, ich fuhr, so wie ich es immer tat. In Jarplund machten wir noch eine kurze Raucherpause auf dem Parkplatz des Edekamarktes. Dann ging es weiter nach Flensburg. Gianna verfolgte schon auf der Fahrt den Stream von Flo auf ihrem Handy und gab mir immer Statusmeldungen durch, wo die beiden sich aktuell befanden. Wir kamen in Flensburg an und suchten uns erstmal einen Parkplatz. Den fanden wir am RBZ, direkt gegenüber vom der Exe, auf der der Jahrmarkt schon im vollen Gange war. Von Flo und Klausi noch keine Spur – die beiden trödelten, so wie immer, und wir warteten also im Auto auf dem Parkplatz. Gianna hatte sich einen kleinen Sekt aus der Dose mitgenommen, um ihre Aufregung etwas abzumildern. Leider auch mit dem Nebeneffekt, dass sie pinkeln musste. Natürlich gab es auf dem Parkplatz keine Toilette, somit fuhren wir ein paar Runden um ein geeignetes Gebüsch zu finden. Nach der dritten Runde war es dann egal, „ich muss pinkeln! Jetzt!" rief Gianna und sprang aus dem Auto, lief einen kleinen Verbindungsweg hoch und hockte sich hin. Erleichtert stieg sie wieder ins Auto und wir suchten einen angemessenen Parkplatz, von dem aus wir die Zufahrt im Blick hatten, im Stream sah Gianna, dass die beiden jeden Moment mit dem Wohnmobil da sein müssten.

Als die beiden nun endlich auf den Parkplatz fuhren, reihten wir uns dahinter ein und parkten etwas abseits, so dass Flo und Klausi in unmittelbarer Nähe zu uns stehen konnten. Stolz präsentierten die beiden uns ihre Campingausstattung, natürlich alles live in Flos TikTok-Stream. Kurzerhand wurde Gianna ein Mikrofon in die Hand gedrückt und sie moderierte auf einmal das ganze Geschehen. Flo zog sich einige Schnäpse rein um seine total überdrehte Art etwas zu drosseln.

Nach einer gefühlten Ewigkeit waren nun endlich alle soweit, dass wir zum Jahrmarkt rüber marschierten. Natürlich alles live übertragen im Stream. Wir drehten eine erste Erkundungsrunde. Die Fahrgeschäfte waren, wie erwartet, schlecht besucht und auch die Auswahl war nicht wirklich ansprechend.

Flo interessierte sich für die Greifautomaten und versuchte sein Glück. „ich stecke mal zwei Euro rein und guck ob ich was herausbekomme". Natürlich klappte es nicht, die Automaten sind von den Schaustellern ja auch so eingestellt, dass erst eine gewisse Anzahl an Spielen gemacht werden muss, bis der Greifer wirklich zupackte und nicht im letzten Moment den vermeintlichen Gewinn wieder herausrutschen lässt. So ging das Spiel also einige Male, immer wieder steckte er die Zwei-Euromünzen in die Automaten „gleich hab ich es, ich hab es im Gefühl". Angefeuert von seinem Chat verschlungen die Automaten sein ganzes Kleingeld. Natürlich immer ohne einen Gewinn auszuspucken.

So drehten wir dann noch eine Runde über den Jahrmarkt, aber auch das brachte keine gute Stimmung – es war einfach langweilig. So beschlossen wir dann, dass wir noch etwas Essen gehen und uns dann wieder auf den Heimweg machen wollten, es war auch schon 22 Uhr und ich sollte am nächsten Tag wieder arbeiten.

Klausi suchte in seinem Handy nach einem geeigneten Restaurant oder Schnellimbiss. Natürlich war schon alles geschlossen, wir hatten Mittwoch 22 Uhr. Also waren in der kleinen Stadt Flensburg schon die Bürgersteige hochgeklappt und alle Leute zuhause.

Am Ausgang des Jahrmarktes stand ein Süßwarenwagen, ich kaufte noch eine Tüte gebrannte Mandeln mit Kinderschokoladenmantel, ein paar Lakritzlollis und ein Lebkuchenherz für Gianna, das hatte sie sich von mir gewünscht. Ich schaffte es also, heimlich dieses Herz zu kaufen. Gianna war viel zu abgelenkt durch Flo und Klausi und die Entscheidung wo wir nun etwas zu Essen herbekommen.

Am Wohnmobil wieder angekommen, war noch immer keine Entscheidung getroffen. Flo und Klausi schwankten zwischen Pizza zum Wohnmobil bestellen, zu Subways fahren oder McDonalds. Nachdem alle Möglichkeiten mehrfach überdacht waren, entschieden wir uns für McDonalds. Wir fuhren also los und trafen uns erneut auf dem Parkplatz. Gianna und ich orderten jeder ein kleines Cheeseburgermenü mit

Pommes und Mezzomix. Die anderen beiden schlugen sich richtig die Bäuche voll. Diesmal ausnahmsweise nicht vom Stream begleitet, konnten wir auch Mal unbeobachtet Unterhaltungen führen. Nach dem Essen gab es draußen noch eine Zigarette, Klausi war auch dabei.

Wir hatten Klausi als einen Märchenerzähler kennengelernt, gern dehnte er seine Geschichten etwas aus und schmückte allerlei unglaubwürdiges Zeug dazu. Nachprüfen konnten wir es nicht, da er nicht bei uns in der Nähe wohnte und ihn somit auch niemand aus unserem Umfeld kannte.

Er erzählte drauf los: „Ich hatte mit einem Kumpel zusammen mal ein Cateringunternehmen, da haben wir für mehr als 500 Personen von Formel-1 Rennställen gekocht und alle bewirtet. Das war wirklich super, Kohle ohne Ende gemacht".

In Wirklichkeit war er ein 40 jähriger Typ, der noch bei seinen Eltern wohnte und sein verdientes Geld in TikTok-Geschenke investierte, die er dann im Stream von Flo großzügig spendete. So erkaufte er sich wohl seine Freundschaft zu Flo, der das auch dankend annahm.

Nachdem wir der Geschichte von Klausi bis zum Ende zugehört hatten, verabschiedeten wir uns, die beiden wollten noch ein paar Kilometer machen und auf einem Bauernhof übernachten.

Gianna und ich setzten uns in Auto und fuhren los. Auf der Rückfahrt merkte ich dann wieder, dass meine Augen nicht mehr so funktionierten wie sie sollen. Ich konnte die ohnehin schon sehr verdreckten Straßenschilder nicht mehr richtig sehen und fuhr dann ziemlich unsicher nach Hause. Man lief mir der Schweiß „Was mache ich hier eigentlich? Das ist total dumm und gefährlich", dachte ich mir, ließ mir aber nichts anmerken. Ich hatte das Auto dann nach Hause manövriert bekommen und wir ließen den Abend nochmal Revue passieren. Ich aß noch ein paar meiner gebrannten Mandeln – sie schmeckten so köstlich, so schokoladig und süß. Für Gianna hatte ich noch das Lebkuchenherz, ich zog es aus der Tüte und hängte es ihr um den Hals. Gianna freute sich riesig darüber „ich hab es gar nicht mitbekommen, dass Du mir das

Herz gekauft hast! Das bekommt einen Ehrenplatz bei uns am Bett". Dann gingen wir schlafen.

Am Donnerstag ging ich dann morgens zur Arbeit, die Farbsicht war irgendwie noch immer nicht wieder da, war gefühlt noch etwas schlechter geworden. „Egal" dachte ich, „heute ist ja der Termin beim Optiker, dann bekomme ich eine neue Brille und dann ist wieder alles top".

Auf der Arbeit habe ich mich dann irgendwie durchgekämpft, der Textzoom in Outlook wurde noch etwas größer gestellt. Die ersten Sorgen machte ich mir dann, als ich auch in unserem Warenwirtschaftssystem die Kundennummern und Kundennamen nicht mehr richtig lesen konnte. Hier behalf ich mir erstmal mit der Bildschirmlupe um irgendwie durch den Tag zu kommen. Ich konnte es nicht mehr abwarten endlich zum Optiker zu gehen und eine neue Brille auszusuchen. Auch mit der Gewissheit, dass nichts anderes dahintersteckt.

Nach Feierabend fuhr ich dann nach Schleswig und stellte mein Auto im Parkhaus ab. Die paar Meter zum Optiker lief ich zu Fuß.

Ich meldete mich beim Optiker an „ich habe einen Termin zum Sehtest, um 16:30". Gianna war nicht mitgekommen, ihr ging es an diesem Tag nicht so gut. Vermutlich hatte sie sich ein wenig verkühlt auf dem Jahrmarkt und blieb daher lieber zuhause unter der warmen Bettdecke.

Ich musste noch etwas warten und nahm auf dem Stuhl vor dem Zimmer, in dem der Sehtest gemacht wird, Platz. Nun war ich dann endlich an der Reihe, die Optikerin, eine Frau, etwa Mitte 50, bat mich herein.

Ich setzte mich auf den Stuhl, sie erklärte mir nochmal alles, was wir machen. Zunächst also der Standardtest – man guckt in ein Gerät und sieht einen Heißluftballon, mehr muss man hier gar nicht machen. Das Gerät ermittelt automatisch die richtige Sehstärke. Anschließend bekommt man dann noch verschiedene Linsen vor das Auge und muss Zahlen- und Buchstabenreihen vorlesen. Die Zahlen und Buchstaben werden mit jeder Reihe kleiner und damit also schwieriger zu sehen. Für mich war das zu diesem Zeitpunkt schon ziemlich schwer, ich konnte wirklich wenig Zahlen und Buchstaben sehen. Das fiel natürlich auch der Optikerin auf und sie sagte „Da stimmt etwas ganz gewaltig nicht, ihre Sehleistung ist wirklich überhaupt nicht gut, das müssen Sie unbedingt vom Augenarzt abklären lassen. Eine neue Brille wird hier nicht helfen". Sie gab mir die Empfehlung, dass ich gleich am nächsten Tag zu einem Augenarzt gehen sollte „das ist wirklich ernst, sagen sie, dass sie ein Notfall sind".

So zog ich dann also ziemlich ernüchtert von dannen und setzte mich wieder in mein Auto. Ich googelte verschiedene Augenärzte in Schleswig und versuchte dort anzurufen – leider ohne Erfolg, die Sprechzeiten waren schon vorüber und die Ärzte hatten für diesen Tag geschlossen.

Also fuhr ich nach Hause und erzählte Gianna das ganze Dilemma – wir dachten noch immer an nichts wirklich schlimmes, auch mein Gedanke war, dass ich zum Augenarzt gehe, die das prüfen und ich dann irgendein Mittel bekomme, welches ich selbst anwenden kann.

Der heutige Tag war gelaufen, ich aß noch ein paar meiner gebrannten Mandeln, sie schmeckten wieder herrlich. Ich rief noch kurz bei meinem Teamleiter an und berichtete ihm, dass ich am Freitag nicht zur Arbeit kommen würde. Ich muss mich um einen Termin beim Augenarzt bemühen und das schnell.

So setzte ich mich am Freitag direkt morgens an den Computer und googelte alle Augenärzte in Schleswig und Umgebung. Von allen bekam ich immer nur die Standardantwort „Leider haben wir im Moment keine Termine frei", „Wir nehmen zur Zeit keine neuen Patienten auf". Von einer Praxis bekam ich die Aussage „Im September hätten wir einen freien Termin", bis dahin bin ich blind dachte ich mir und äußerte meinen Unmut. Die Sprechstundenhilfe hatte Verständnis und versuchte mir zu helfen. „Versuchen Sie mal den Augenarzt in Husum, die haben jeden Tag offene Sprechstunde von 10-12 Uhr".

Das ließ ich mir nicht zweimal sagen und rief sofort dort an „Ich kann nicht richtig gucken, meine Farben sind irgendwie weg und allgemein ist es nicht gut, ich war gestern beim Optiker und die haben mir gesagt, dass ich sofort zum Augenarzt soll". – Die Meldung kam an „Kommen Sie heute vorbei, wir gucken uns das an".

Somit rief ich meine Mutter an, sie hatte mir zugesagt, dass sie mich fahren würde. Wir fuhren also nach Husum, ich versuchte das Navi an meinem Handy irgendwie zu bedienen, wirklich scharf sehen konnte ich es nicht. In Husum angekommen mussten wir dann noch einen Parkplatz finden, völlig gestresst und abgehetzt fuhren wir eine Einbahnstraße hinein und stellten uns auf den öffentlichen Parkplatz. Ich zog noch schnell ein Parkticket und wir stiefelten los.

Beim Augenarzt angekommen mussten wir nur kurz warten, dann ging es auch schon mit der Voruntersuchung los. Auch hier stellten wir wieder fest, dass ich wirklich schlecht sehen kann.

Nun war es dann soweit, mir wurden die Pupillen weitgetropft, damit sich die Augenärztin den Augenhintergrund ganz genau anschauen kann. Sie blendete mir mit ihrer Lampe ins Auge und guckte mit ihrem Vergrößerungsglas direkt auf meine Netzhaut „Das sieht interessant aus", murmelte sie, guckte nochmal aus einem anderen Blickwinkel. „Darf ich einen Kollegen hinzuziehen? Das sieht ernst aus". Jetzt machte ich mir das erste Mal wirklich große Sorgen, mir lief der Schweiß den Rücken herunter, meine Kehle schnürte sich zu. Als auch der zweite Augenarzt sich meine Augen angeschaut hatte und ebenfalls noch weitere Kollegen dazuholte, wurde mir bewusst „ich habe wohl etwas, das man nicht alle Tage sieht". „Das sieht aus wie eine diabetische Augenschädigung" sagte ein Augenarzt zu mir, „Haben Sie Diabetes?". „Ist mir nicht bekannt" entgegnete ich. Er schickte seine Kollegin los um ein Blutzuckermessgerät zu holen. Kurzer Fingerpieks, Blut auf den Sensorstreifen. „398" zeigte er mir auf dem Gerät. Was das bedeutet, wusste ich zu diesem Zeitpunkt noch nicht. „Sehr hoch" sagte er. Wir machen noch eine Schichtaufnahme vom Auge. Also wurde noch eine Schichtaufnahme gemacht. Das passiert mit einem Gerät, welches über Laserstrahlen das Auge innen abtastet und damit die Schichtdicke und die verschiedenen Schichten der Netzhaut darstellt.

„Eine Farbstoffuntersuchung können wir heute nicht mehr machen, das sieht aber alles sehr ernst aus", brachte er mir entgegen. „Verdacht auf Venenverschluss in beiden Augen – sie müssen noch heute nach Kiel in die Augenklinik am UKSH. Wir machen eine Einweisung fertig". Meine Mutter saß noch immer im Wartezimmer und hatte noch überhaupt keine Ahnung was überhaupt alles passiert ist und was noch passieren sollte.

Wir verließen den Augenarzt, mit verschiedensten Diagnosezetteln und einer Einweisung für die Uniklinik im Gepäck. Ich musste das jetzt erstmal verdauen – Blutzucker 398, Venenverschluss in den Augen. Was passiert hier? In welchem Film bin ich? Kann mich bitte jemand hier rausholen? Meine Mutter versuchte meine Gedanken zu sortieren, ich bekam das in diesem Augenblick nicht auf die Kette. „Du musst dann heute in Krankenhaus, wir fahren dich. Ruf Gianna an und erzähle ihr was los ist". Ich drückte mich auf der Autofahrt nach Hause noch etwas davor, „ich? Ins Krankenhaus? Mehrere Tage von meiner Mausi und von Amy weg?". Schließlich rang ich mich dann doch durch Gianna anzurufen und ihr die ganze Geschichte vom Augenarzt zu erzählen. Gianna funktionierte in diesem Moment, war total abgeklärt und überhaupt nicht emotional, so wie ich es sonst von ihr kenne. Ich denke das war genau richtig, ich selbst war ja total überfordert mit der Situation, da war es gut, dass wenigsten sie einen kühlen Kopf bewahrte. „Ich packe deine Sachen" sagte sie mir am Telefon, „dann ist schon alles bereit, wenn du wieder da bist". Ziemlich geknickt kam ich dann zuhause an, erzählte es ihr nochmal ganz ausführlich. Dann packte ich noch ein paar Kleinigkeiten in den Koffer, Powerbank, Kopfhörer, Ladegerät, alles wovon ich dachte, dass ich es in Kiel gebrauchen kann. Ich schloss den Koffer.

Dann machte ich mich bereit „Du rufst jetzt deine Mutter an und lässt dich nach Kiel fahren". Manni kam mit dem Wagen vorgefahren, meine Mutter saß auf der Rückbank. Nun war es besiegelte Sache, es geht heute nach Kiel. Ohne zu wissen was passiert, auf mich allein gestellt, mit einer großen Portion Angst, die nicht in den Koffer passte. Die ich versuchte allein auf meinen Schultern zu tragen. Wie so oft, versuchte ich mir nichts anmerken zu lassen, wollte stark sein, nichts nach außen zeigen.

Während der Fahrt studierte Susanne meine Diagnosezettel und googelte alle vom Arzt angegebenen Codes. „Läuft irgendwie alles auf Diabetes hinaus" stellte sie fest. Nach einer gefühlten Ewigkeit kamen wir dann am UKSH in Kiel an. Total orientierungslos suchten wir den Wegweiser auf dem Gelände, „Da geht es zur Augenklinik", also gingen wir den schmalen Weg direkt an der Baustelle vorbei über die ausgelegten Riffelblechplatten. Mein Koffer knatterte mit seinen Rollen über die Bleche. Ich schliff ihn hinter mir her, wie ein Passagier über die Gangway in das Kreuzfahrtschiff. Mein Kreuzfahrtschiff sollte das UKSH werden. Im Gebäude der Augenklinik angekommen herrschte gähnende

Leere, nur eine Schwester saß in der Anmeldung. Ich übergab ihr meine ganzen Zettel vom Augenarzt und sie fing an den Aufnahmebogen fertig zu machen. Meine Mutter unterstützte mich beim Ausfüllen von verschiedensten Zetteln und Unterlagen – ich konnte das ja alles nicht sehen, fühlte mich schon wirklich blind und hilflos. „Was würde jetzt passieren, wie geht es weiter?" dachte ich still.

Aufnahme erledigt, ich sollte im Warteraum Platz nehmen und darauf warten, dass ich aufgerufen werde. Kurze Zeit später wurde ich dann auch ins Untersuchungszimmer gerufen, also zog ich meinen Koffer hinter mir her und ging ins Untersuchungszimmer, meine Mutter im Schlepptau. Im Untersuchungszimmer schaute sich der Arzt dann nochmal die gestellten Diagnosen an, wurde dann aber zu einem Notfall gerufen. Ich sollte nochmal draußen vor dem Fahrstuhl warten. Er gibt mir Bescheid, wenn es weitergeht. Susanne verabschiedete sich derweil, sie sollte auch nicht die ganze Zeit mit mir warten müssen, schließlich hatte sie ja schon den ganzen Tag für mich geopfert, ohne auch nur mit der Wimper zu zucken. Sie sprach mir noch Mut zu „Das wird alles wieder, hier bist du in guten Händen.", die drückte mich und verließ die Klinik. Zurück zu Manni, der mit dem Auto auf dem Hofplatz der Klinik wartete.

So verbrachte ich etwa eineinhalb Stunden mit Warten vor dem Fahrstuhl – ich musste echt dringend pinkeln, traute mich aber auch nicht zu gehen und eventuell den Zeitpunkt zu verpassen, wenn der Arzt zurückkommt. Da kam mir dann die Idee „ich lasse meinen Koffer kurz hier stehen, dann weiß er, dass auf jeden Fall noch da bin". Also schnell aufs Klo und dann wieder an meinem Stuhl festnageln und warten. Es kam mir wie eine Ewigkeit vor, schließlich konnte ich mich ja auch nicht wirklich beschäftigen. Die Pupillen waren durch die Untersuchungen am Vormittag immer noch weitgestellt und mein Sehvermögen war zu diesem Zeitpunkt sowieso nicht das Beste. Endlich kam der Arzt wieder und rief mich in sein Untersuchungszimmer. Er prüfte nochmal alles ganz genau in meinen Augen, auch der diensthabende Oberarzt kam dazu und schaute nochmal nach.

„Kein Venenverschluss, damit kein Notfall mehr" hieß es. „Wir rufen einmal in der interdisziplinären Notaufnahme an und melden sie dort einmal vor, können Sie laufen oder brauchen Sie einen Transport? Das kann aber schon so 1-2 Stunden dauern.". Da ich schon den ganzen Tag mit Warten verbrachte hatte, antwortete ich „Ich laufe rüber, das bekomme ich hin". Also nahm ich meinen Koffer und lief etwas orientierungslos über das Gelände der Uniklinik. Aus dem Wegweiser wurde ich auch nicht richtig schlau, meine Rollen vom Koffer knatterten wieder laut, als ich über die Metallplatten lief. Im Hauptgebäude am Infotresen erkundigte ich mich, wo ich nun genau hin muss. „Einmal hier um das Gebäude rum, den kleinen Berg runter und dann sehen sie das schon", der freundliche Mann am Tresen gab mir noch einen Flyer mit einer kleinen Karte drauf und zeichnete dort ein wo ich hin muss. Ich dachte mir nur so „wenn du wüsstest, wie viel ich im Moment sehen kann" – naja, konnte er ja nichts für.

So kam ich dann also an der Notaufnahme an, vorbei an den Krankenwagen, durch die

Automatiktür. Ich meldete mich an und sollte einen Anmeldebogen ausfüllen. „Das kann ich nicht, ich hab starke Sehprobleme" entgegnete ich der Dame – „Kein Problem, dann macht das der Pfleger nachher für Sie". Sie druckte mir ein Armband aus und ich klebte es um mein Handgelenk. „Da bin ich nun also, mit meinem Armband, meinem Koffer und einem Blutzucker von 398 in der Notaufnahme am UKSH". Ich setzte mich in den Wartebereich und zog mir eine Flasche Wasser aus dem Automaten. Hatte, seit wir zuhause losgefahren waren, nichts mehr getrunken. Nach kurzer Zeit wurde ich aufgerufen und wurde in der Notaufnahme in ein Bett verfrachtet. Dort war ein wirklich sehr netter Pfleger. Er klebte mir Elektroden auf die Brust und legte mir einen Zugang „Das ist Standard, das machen wir bei allen, die hier eingeliefert werden, so sind wir schneller, falls irgendwas passieren sollte". Er nahm mir gefühlt endlos viele Ampullen Blut ab, „Lass noch was drin" sagte ich lässig, er lachte und schloss mir noch einen Beutel Kochsalzlösung an „Das bringt den Zucker schonmal ein Stück runter".

So lag ich nun also da, hatte nichts zu essen, nur eine kleine Flasche Wasser und meine Nase war verstopft. „Scheiß trockene Raumluft" dachte ich mir. Zumindest konnte ich mit Papiertüchern für einen Augenblick Linderung verschaffen und wieder etwas Luft durch die Nase bekommen. Zwischenzeitlich wurde noch eine ältere Frau mit in mein Zimmer gebracht. Sie war beim Weintrinken draußen gestürzt, hatte ich mitbekommen. Schmerzen im Arm und im Bein. Viel konnte ich von ihr nicht sehen, da eine Trennwand zwischen uns geschoben wurde. Ebenfalls war ich zu dieser Zeit auch nicht an einem Gespräch interessiert, ich war einfach nur noch Müde und wollte schlafen.

Gegen 23:30 Uhr wurde ich dann abgeholt „Können Sie laufen oder soll ich Sie lieber fahren?" fragte ein Pfleger. „Ich laufe", so zog ich meinen Koffer hinter mir her und folgte ihm durch die Gänge im Krankenhaus. „Das hier ist das Aufnahmezimmer, hier bleibst du bis morgen, dann geht's auf Station" sagte er mir und verschwand. Die Nachtschwester kam noch kurz zu mir „Sie haben bestimmt Hunger – ich bringe ihnen zwei Scheiben Brot und etwas Wurst und Käse". Es fühlte sich an wie ein Festmahl, ich hatte seit morgens nichts mehr gegessen, hatte den ganzen Tag kein Hungergefühl, weil mir der Schock so in den Knochen saß. Ich aß meine zwei Scheiben Brot, drehte mich auf den Rücken und schlief ein.

Um etwa 2:00 Uhr wurde ich wach, weil das Licht anging. Es wurde jemand zu mir ins Zimmer geschoben. Mit einer leicht gebrochenen Stimme hörte ich vom Nachbarbett „Ich kann kein Blut abgenommen bekommen, mir wird dabei schlecht". Die Nachtschwester entgegnete ihm „Das ist nicht so schlimm, wenn wir beide nicht hingucken, dann merkst du das gar nicht". Ich schlief wieder ein.

Am nächsten Morgen, es war kurz nach sieben, wachte ich auf. Mein Bettnachbar wurde auch langsam wach. Wir schauten uns durch das kleine Loch im Griff am Bett an. „Ich bin Max" sagte er. Wir stellten uns einander vor. Max war 21 und wurde wegen eines Krampfanfalles eingeliefert. Er war bei einem Kumpel zum Playstation zocken, hatte ein paar Joints geraucht und bekam dann einen Krampfanfall und schlug mit dem Gesicht voran in der Tischplatte des Couchtisches ein. Er telefonierte mit seinen Eltern, erzählte ihnen die ganze Geschichte und merkte dann an „Scheiße, mein Handyakku ist gleich leer". Ich bot ihm an, dass er meine Powerbank ausleihen dürfe, damit er erstmal etwas Saft hat. Wir unterhielten uns lange und verstanden uns gut. Dann kam der diensthabende Arzt und erklärte uns, was nun weiter mit uns passieren soll. Max sollte auf die neurologische Station gebracht werden und ich auf die innere. Der Arzt sagte zu mir „Sie müssen auf jeden Fall mal zwei Tage hier bleiben, dann schauen wir weiter.". Diese Aussage schürte die Hoffnung in mir, dass ich nur über das Wochenende im UKSH bleiben müsse und dann wieder nach Hause kann. Ich rief Gianna an und teilte ihr mit „So wie es aussieht, kann ich am Montag wieder zur Dir und Amy.". Dann kam ein Angestellter vom Transport. Das sind spezielle Leute im UKSH die den ganzen Tag nichts anderes machen als Patienten im Haus hin und her zu bringen. Max und ich wollten uns auf eine Zigarette für später verabreden, ich hatte keine mehr, also bot er an

„Meine Eltern kommen nachher und bringen mir Kippen mit, da kannst du gerne eine von haben, treffen uns dann draußen und rauchen eine zusammen". Dankend nahm ich das Angebot an. „Wir müssen noch Handynummern austauschen, damit wir uns verabreden können". Der Mann vom Transport wartete schon ungeduldig. Dass ich einfach Max' Nummer ins Handy hätte einspeichern können, auf die Idee kamen wir nicht. Wir suchten hastig einen Zettel, fanden aber keinen. Leider hatte auch der Mann vom Transport kein Papier, so schrieb Max mir seine Nummer einfach auf einen blauen Gummihandschuh und ich steckte diesen in meinen Koffer.

Der Mann vom Transport brachte mich auf die innere Station, mein Koffer knatterte wieder hinter mir her. Dort angekommen meldete er mich bei den Pflegern an. Ein asiatischer Pfleger nahm sich meiner an. Er stellte sich mir vor „Ich bin Pfleger Jan, wenn was ist, dann melde dich einfach bei mir. Ich kümmere mich um dich.". Jan brachte mich auf mein Zimmer und stellte mir eine Kanne Wasser hin. In der Zwischenzeit versuchte ich Kontakt zu meinem Bettnachbarn aufzubauen. Ein dementer, älterer Mann mit Sauerstoffgerät. Das Sauerstoffgerät machte sprudelnde Geräusche, so wie eine Aquariumpumpe. Er selbst lebte scheinbar in seiner eigenen, dementen Welt oder er hatte kein Interesse daran sich mit mir zu unterhalten. Ich richtete mich derweil in dem Zimmer ein, hängte meine Jacke in den Schrank, stellte den Koffer in die Ecke und warf mich aufs Bett. Jetzt war es an der Zeit die Kopfhörer auszupacken, Musik auf die Ohren zu legen und natürlich den Gummihandschuh aus dem Koffer zu ziehen. Ich wollte ja noch die Nummer von Max einspeichern. Gar nicht so einfach, wenn man sowieso schon nicht gut gucken kann und dann auch noch mit blauen Kugelschreiber auf einen blauen Gummihandschuh geschrieben ist. Ich fotografierte die Nummer also vom Handschuh ab und gab sie in mein Telefonbuch ein. Eingespeichert unter „Max Krankenhaus" stand da nun in meinem Handy – ich wusste ja seinen Nachnamen nicht. Ich schrieb ihm eine Whatsapp „Hey Max, lass uns nachher nach dem Abendbrot draußen treffen". Es dauerte nicht lang, da bekam ich

Antwort von ihm „Jo Bro, lass machen. Ich melde mich, wenn ich soweit bin".

Dann wurde es endlich Zeit für das Abendbrot, ich hatte auch schon mächtig Hunger. Voller Vorfreude hatte ich mir wieder zwei Scheiben Brot, Wurst, Käse und einen Joghurt bestellt. Die Damen vom Essensdienst waren wirklich toll, ich bekam noch eine geschnittene Gurke und ein paar Tomaten dazu. Kaum war das Tablett auf dem kleinen Wagen neben meinem Bett angekommen, fing ich auch schon an mein Brot zu schmieren und biss genüsslich hinein. Dann passierte es, ich hörte hinter meinem Rücken vom Nachbarbett ein säuseln. Er drückte den Klingelknopf, säuselte, drückte nochmal den Klingelknopf. „Doch noch Leben in dem alten Mann" dachte ich. Eine Pflegerin kam ins Zimmer und er äußerte in einem fast nicht verständlichen gemurmel „ich muss zur Toilette". Eilig schob die Pflegerin einen in der Ecke positionierten Toilettenstuhl neben sein Bett. Er murmelte wieder „ich glaube es ist zu spät". In diesem Moment traf mich und mein Brot bereits eine unglaubliche Wolke aus Gestank. „Der Typ hat sich eingeschissen, das Bett eingeschissen, die Pflegerin angeschissen, einfach alles vollgekotet", innerlich zerbrach ich und hatte den Wunsch, dass ich es nicht mit den Augen, sondern mit der Nase gehabt hätte. In diesem Moment war mein Hungergefühl komplett weg, mein Körper nur noch auf Flucht eingestellt. Ich legte mein angebissenes Brot zurück auf den Teller, sprang aus dem Bett und verließ sofort das Zimmer. Ich musste an die Luft, weit weg von dem Müffelmann, der ja nichts dafür konnte, aber in diesem Augenblick war er für mich der Schuldige. „Wie kann man nur alles vollscheißen, wenn gerade jemand am Essen ist?" dachte ich. Draußen angekommen musste ich erstmal tief Luft holen und sämtliche Stinkpartikel aus meiner Nase atmen. „Das muss ich sofort Gianna und meiner Mutter erzählen.", hastig schrieb ich eine Whatsapp an beide. Von beiden Seiten erntete ich großes Mitleid. Ich wusste echte nicht wie ich mit dem Müffelmann auf einem Zimmer leben sollte. Das würde ich keine zwei Tage aushalten. „Ich muss Jan nach einem anderen Zimmer fragen", aber erstmal gucke ich jetzt, wo ich eine Fluppe herbekomme.

Max ist noch nicht fertig und ich brauche jetzt dringend eine Kippe um runterzukommen. Ich erforschte also den langen Eingangsbereich des Krankenhauses – ein Kiosk! Da bekomme ich bestimmt Fluppen oder ich finde jemanden, der mir eine gibt. Am Kiosk angekommen studierte ich das Zigarettenregal, sehr übersichtlich dachte ich, kaum noch welche da. Egal Marlboro Gold 100 sollten es werden und ein Feuerzeug! Der Kassierer gab mir ein gelb-braunes Feuerzeug mit Giraffenaufdruck und ich stolzierte mit meiner Schachtel Kippen und dem Feuerzeug nach draußen. Als hätte ich einen Pokal gewonnen, als hätte ich eine Meisterschaft gewonnen. Ich suchte mir eine freie Bank, setzte mich und zündete mir eine Kippe an. Wow – was für ein Gefühl, das Nikotin schoss mir sofort ins Gehirn, es war ein irres Gefühl. So muss sich ein Junkie fühlen, der sich sein Spritze setzt. Ich schrieb Max, dass ich Kippen am Kiosk bekommen habe, wir uns aber später natürlich trotzdem treffen können. Ich musste jetzt erstmal zu Jan und dafür sorgen, dass ich umziehen kann. So ging ich also wieder rein, drückte im Fahrstuhl den Knopf für die vierte Etage und ging zu

meiner Station. Jan stand gerade auf dem Gang
– „Hey Pfleger Jan, ich hab ein Problem.", er
guckte mich fragend an. „Ich bräuchte bitte ein
anderes Zimmer, ich halte das da nicht aus.
Müffelmann hat in seinen Toilettenstuhl gemacht, sich selbst vollgemacht und ich hab mein
Abendbrot abgebrochen". Er nickte verständ-
nisvoll und ging zum Computer. Er tippte ein
wenig drauf rum, drehte sich zu mir „Kein Problem, ich hab noch ein anderes Zimmer. Pack
deine Sachen und geh schon mal rüber, ich
bringe gleich dein Bett". So ging ich also ins
Zimmer schräg gegenüber und stellte mich meinem nun neuen Bettnachbarn vor. „Auch nicht
sonderlich gesprächig, aber zumindest nicht de-
ment und leise" dachte ich. Er wartete darauf,
dass er entlassen wird. Wenn das der Fall ist,
dann hätte ich das Zimmer zumindest für eine
Nacht für mich ganz alleine – was für eine
Traumvorstellung. Leider blieb es auch bei diesem Traum, er bekam zu hören, dass seine
Werte noch nicht gut sind und er noch einen Tag
länger bleiben muss „Das kann doch nicht ange-
hen, die wollen nur nochmal 170 Euro kassieren" wetterte er – er war Privatpatient.

Zumindest hatte ich nun ein geruchsfreies Zimmer, mit Bett direkt am Fenster. Max und ich rauchten noch eine, tauschten uns noch ein bisschen aus und dann gingen wir jeder auf unser Zimmer und schliefen.

Der nächste Morgen begann damit meine Vitalzeichen zu prüfen und mit Blutzucker messen, ich war schon wach als einer der Pfleger ins Zimmer kam „Wir müssen einmal Blutzucker messen" erklärte er mir, „das machen wir jetzt mehrfach am Tag und dann besprechen wir mit dem Arzt, wie wir weitermachen". Also wieder der Pieks in den Finger, Sensorstreifen an den Blutstropfen halten, kurz warten. „305" sagte der Pfleger und verschwand. Die Damen vom Essensdienst kamen auch schon ins Zimmer und erkundigten sich was wir frühstücken wollen. Ich hatte riesengroßen Hunger, weil mein Abendbrot am Vortag ja sehr mickrig ausfiel. Ich entschied mich für drei Brötchen mit Käse und Wurst, dazu ein Hagebuttentee – ich hatte vorher noch nie Hagebuttentee getrunken, eine innere Stimme hatte ihn mir aber empfohlen. So verschlang ich mein Frühstück und trank den

Tee. „Wirklich köstlich" dachte ich. So verbummelte ich den Tag, es war ja Sonntag, also passierte nicht viel auf der Station. Keine Ärzte, keine Diagnosen, keine Behandlung. Endlich etwas Entspannung nach dem ganzen Trubel in den letzten Tagen, das hatte ich mir verdient. Zwischenzeitlich telefonierte ich viel mit Gianna. Sie vermisste mich schon ganz schön und ich sie auch. Je länger man getrennt ist, desto mehr weiß man zu schätzen was man an seinem Partner hat.

Nun war also Montag, der Tag startete wie auch schon der Sonntag. Vitalzeichen messen, Blutzucker kontrollieren, Frühstücken. Mein Bettnachbar pöbelte wieder über das Frühstück „Nicht mal Lachsschinken haben die hier – Sauladen, wollen wieder nur 170 Euro kassieren". Er durfte noch immer nicht nach Hause, weil seine Entzündungswerte zu hoch waren. Die Ärztin kam zu mir ins Zimmer und erklärte mir wie es weitergehen sollte „Zunächst prüfen wir den Blutzucker weiter, dann machen wir noch ein Ultraschall von der Bauchspeicheldrüse und in der Augenklinik geht's dann jetzt auch weiter".

„Ultraschall? Bauchspeicheldrüse? Oh Fuck!" mir ging echt die Muffe. Mein Dad ist 2019 wegen eines Tumors an der Bauchspeicheldrüse verstorben – was ist, wenn ich jetzt auch sowas habe? Ich dachte nach, versuchte mich zu beruhigen. Keine Chance, ich muss Gianna und meine Mutter anrufen, die beiden werden mich schon wieder runterholen. Beide schafften es mich zu beruhigen und mir einzureden, dass mit meiner Bauchspeicheldrüse alles in Ordnung sei. Darauf stützte ich mich dann erstmal. Ging ja jetzt auch weiter mit Diagnosen, also heute nicht nach Hause.

Der Mann vom Transport kam „ich soll Sie zur Augenklinik bringen, können Sie laufen oder soll ich Sie fahren?" – „Ich laufe" entgegnete ich ihm. So gingen wir also wieder kreuz und quer durch die Gänge, bis wir wieder an dem schmalen Gang mit den Metallplatten am Boden ankamen – den Weg kannte ich. In der Augenklinik angekommen musste ich warten, warten und warten. Es dauerte gefühlt eine Ewigkeit bis ich über den Lautsprecher aufgerufen wurde. Farbstoffuntersuchung in der Fotoabteilung. Dazu wird über den Zugang in der Vene ein Farbstoff eingeleitet, der ist dann in den Gefäßen im Auge sichtbar und so können Rückschlüsse auf die Durchblutung gestellt werden. Nun saß ich also in der Fotoabteilung, der Arzt setzt die Spritze auf meinen Zugang und ein Großteil lief daneben, Blut läuft auch daneben – „Sie sind nicht ganz dicht! Also ihr Zugang" scherzt er. Wir machen schnell die Aufnahmen und danach kümmern sich die Fotografen um das Saubermachen, erst meinen Arm und dann den Tisch, das Polster und die Geräte. Alles voll mit einem Gemisch aus Blut und Farbstoff. „Gut das Max nicht hier war" dachte ich „der wäre bestimmt umgekippt". Die Farbstoffuntersuchung hat ergeben, dass die Durchblutung meiner Netzhaut in Ordnung ist, man hat allerdings festgestellt, dass sich auf beiden Augen ein Ödem direkt auf der Makula, dem schärfsten Punkt des Sehens, gebildet hat. Das gehört da nicht hin, das muss da weg. „Wir versuchen das mal mit Spritzen direkt ins Auge und vielleicht auch noch Laser. Termine bekommen Sie per Telefon oder Post". Ich unterzeichnete die Einwilligung und verließ nachdenklich die Augenklinik. „Erstmal eine

Rauchen und sacken lassen" – auf dem Hofplatz vor der Klinik suchte ich mir wieder eine Bank, setzte mich und stellte mir vor, wie es wohl wäre Spritzen direkt ins Auge zu bekommen. Als ich zurück auf mein Zimmer kam lagen zwei Insulinpens auf meinem kleinen Rollwagen – damit sollte es nun also losgehen. Insulin spritzen, ich wusste wieder nicht was auf mich zukommt, wie es funktioniert und was es macht. Ein neuer Pfleger stellte sich mir vor, Pfleger Christoph. Ein echtes Berliner Original, freche Schnauze, gut gelaunt und voller Erzähldrang. Wir scherzten viel miteinander rum. Ich fragte ihn „Was muss ich eigentlich tun um ein Zimmer mit Blick auf den Kanal zu bekommen?", er entgegnete „Möchtest du beides nicht – entweder musst du schwanger sein, kannst du aber nicht. Dann bliebe dir nur noch Krebs, willst du aber auch nicht." – „Dann bleibe ich lieber bei dem Zimmer mit Blick auf den Innenhof." Nun wurde also im 5 Stundentakt mein Blutzucker gemessen und Insulin gespritzt. Meine Blutzuckerwerte stabilisierten sich, noch immer auf einem hohen Niveau, über 200, aber zumindest stabil. Meine größte Freizeitbeschäftigung bestand darin, dass ich mehrere Runden zu Fuß um das Klinikgelände lief, denn Bewegung ist gut um den Blutzucker zu senken. So lief ich jeden Tag meine 8.000 Schritte auf dem Gelände, telefonierte mit Gianna oder mit meiner Mutter. Auch mein Kollege Marius wollte immer auf dem neuesten Stand sein. So hatte ich mir für Whatsapp einen Trick einfallen lassen. Wenn ich eine Textnachricht bekam, machte ich einen Screenshot und vergrößerte mir das Bild auf meinem Handy. So konnte ich lesen was dort stand, antworten ging so, die Tastatur kannte ich auswendig. Am liebsten war es mir jedoch, wenn ich Sprachnachrichten bekam, diese konnte ich problemlos abhören und dann darauf antworten. Pfleger Christoph kam abends zu mir ins Zimmer, wollte mir eine Thrombosespritze geben, die lehnte ich lächelnd ab „Ich laufe hier meine 8.000 Schritte am Tag, ich hab ja sonst nichts zu tun, da brauche ich die nicht", er nickte einverstanden.

Am nächsten Tag sollte dann die Ultraschalluntersuchung anstehen, meine größte Angst. Ich hatte richtig Muffensausen. Der Mann vom

Transport kam wieder, in diesem Moment klingelte mein Handy – die Ärzte von der Augenklinik! „Wir werden nicht lasern, nur erstmal Spritzen." Der Arzt erklärte mir noch wie das alles funktionieren soll. In der Zwischenzeit fing der Mann vom Transport an mein Bett abzustöpseln und wollte mich aus dem Zimmer schieben. „Ich brauche keinen Transport, ich kann laufen" entgegnete ich ihm „ich muss nur wissen wo ich hin soll". „Eine Etage tiefer" sagte er und verließ das Zimmer. Ich ging also los, kurzer Umweg über den Hofplatz – ich war ja jetzt schlauer „Das wird wieder dauern, vorher lieber noch eine rauchen". Dann stieg ich wieder in den Fahrstuhl und fuhr in die Etage zum Ultraschall. Dort angekommen, meldete ich mich wieder an und durfte warten. Irgendwann wurde ich dann aufgerufen und der freundliche Arzt forderte auf mich auf, mich auf die Liege zu legen. Ich erklärte ihm, dass er mir alles ganz genau zeigen muss. Alles was er sieht, muss er mir erklären, weil ich tierische Panik davor habe, dass da etwas ist, was da nicht hingehört. Ich sollte mich ganz entspannt hinlegen „So wie am Strand" sagte er – ich entgegnete: „Das Gleitgel schützt aber nicht vor der Sonne, oder?" wir lachten beide und die Anspannung löste sich bei mir etwas. Er fuhr mit seinem Schallkopf hin und her, kreuz und quer über meinen gesamten Oberkörper. „Alles absolut normal, nur die Blase ist voll – sie müssen gleich zur Toilette" witzelte er. Ich war beruhigt – alles in Ordnung, alles normal. Ich rief Gianna an und musste es ihr sofort mitteilen, alles in Ordnung, alles normal. Alle schlimmen Gedanken, die ich hatte, völlig umsonst. Ich war erleichtert und freute mich riesig. Zwischenzeitlich hatte ich dann die Hoffnung aufgegeben frühzeitig entlassen zu werden, somit bat ich meine Mutter, dass sie mir noch ein paar Sachen vorbeibringt. Ich brauchte noch ein paar Handtücher, Socken und Boxershorts. Gianna packte mir also zuhause den Rucksack und meine Mutter brachte ihn mir in Kiel vorbei. „Schön mal wieder ein vertrautes Gesicht zu sehen", dachte ich. Wir hatten ja nun schon Mittwoch und ich wusste nicht, wie lange ich noch bleiben muss. Susanne kam am frühen Nachmittag mit meinem Rucksack im Gepäck. Wir setzten uns in den Raucherpavillon, es regnete leicht. Sprachen über das aktuelle Geschehen und wie es nun aussieht. Eine Frau mit Rollator stand bei uns, versuchte verzweifelt ihre Zigarette anzuzünden, „Parkinson" sagte sie mit unverständlicher Stimme. Meine Mutter stand auf und half ihr beim Anzünden – wir saßen noch einige Zeit und unterhielten uns. Es war wirklich schön etwas anderes als immer nur Krankheit hier, Augen da, zu hören. Dann wurde es Zeit, meine Mutter musste wieder los, auch wenn sie es nicht zeigte, ich merkte, dass sie widerwillig ging. Auch Max verabschiedete sich an diesem Tag, er wurde befundlos entlassen. Keiner konnte ihm sagen, warum er diesen Krampfanfall bekommen hatte. Einzige Auflage war, dass er nicht schwer heben sollte, keine Leitern besteigen und für ein Jahr kein Auto fahren sollte. Das ist natürlich schlecht für ihn, weil er fast am Ende seiner Ausbildung zum Kfz-Mechatroniker stand. Wir verabschiedeten uns herzlich voneinander und wollten in Kontakt bleiben. Ich bekam noch einen neuen Bettnachbarn, mein alter Nörgler wurde endlich entlassen und Walter zog bei mir ein. Walter war ein Bäckermeister mit einem eigenen kleinen Café in Heiligenhafen. Wir verstanden uns super. Er war ganz anders als sein Vorgänger. Walter war kommunikativ, lustig und ein guter Geselle. Er schob einen riesen Berg Hunger vor sich her. Sollte zur Magenspiegelung, die ständig verschoben oder abgesagt wurde. So hatte er dann schon seit eineinhalb Tagen nichts gegessen und wurde langsam ungnädig. Konnte ich nachvollziehen, wenn ich nichts zu Essen bekomme, dann werde ich auch zu einem anderen Menschen.

Am Donnerstag sollte es dann alles recht zügig gehen, die Ärztin teilte mir mit, dass eine Diabetesberaterin gleich zu mir kommen würde. Wenn die Beratung durch ist, dann würde ich Nachmittags entlassen werden. So ging ich also schnell nochmal raus auf den Hof um eine zu rauchen und um Gianna die freudige Mitteilung zu überbringen. Mein Herz machte schon Luftsprünge, endlich wieder zu meiner Maus und zu Amy. Die Beraterin kam also, brachte so allerlei Zeug mit, ein Blutzuckermessgerät, Nadeln für Insulinpens, ein paar Broschüren und Merkblätter. So setzten wir uns also an den kleinen Tisch in meinem Krankenzimmer, sie gab mir ein kleines Gummikissen. Dieses Kissen sollte ich mir an den Bauch halten und mal mit einem Insulinpen üben, wie ich mir die Nadel am besten selbst in den Bauch steche um mich zu spritzen. „Haben Sie das schon mal gemacht?" fragte sie mich – „Nein bisher noch nicht, das haben immer die Pfleger gemacht." entgegnete ich. Das kann ja spannend werden, heute Abend wird es also dazu kommen, dass ich das alleine machen muss. Nur anhand einer Tabelle und den Werten, die ich selbst mit meinem Messgerät ermittele. Ein bisschen Bammel hatte ich da ja schon vor. „Was passiert, wenn ich zu wenig spritze?" – „Das ist nicht so schlimm, dann bleibt der Wert hoch", „Was passiert, wenn ich zu viel spritze?" – „Das wäre dramatisch, dann rauscht der Blutzucker nach unten, da muss man ganz genau auf seine Symptome achten und eventuell in kurzer Zeit Kohlenhydrate oder Zucker nachschieben". Für den Notfall bekam ich dann also von ihr eine Hand voll Traubenzuckerplättchen. Wir sprachen noch über einige Beispiele für eine ausgewogene Ernährung und wie ich meinen zukünftigen Alltag bestreiten sollte. Im Anschluss erhielt ich dann eine

Tabelle, auf dieser war zu sehen, ab welchem Blutzuckerwert ich wie viele Einheiten spritzen soll. Mit diesem rudimentären Wissen und einem Entlassungsrezept wurde ich dann nach dem Mittagessen nach Hause geschickt. Ich rief meine Mutter an, dass sie mich abholen kann – keine Dreiviertelstunde später war sie auch schon da und sammelte mich ein. Überglücklich endlich nach Hause zu kommen, stieg ich in das Auto ein und wir fuhren nach Busdorf. Dort erwarteten Gianna und Amy mich schon sehnsüchtig und wir fielen uns in die Arme. Nie wieder möchte ich so eine Situation erleben. Nie wieder möchte ich von meinen Liebsten getrennt sein.

Kapitel 2

Die ersten Schritte, der Umgang mit Diabetes

Wir fuhren noch am selben Tag in die Apotheke um das benötigte Blutzuckermessgerät zu holen. Dies gestaltete sich auch schwieriger als gedacht, in meiner kleinen Stamm-Apotheke im Friedrichsberg wäre das Gerät erst am nächsten Tag verfügbar gewesen. Nach heutigem Stand sicher nicht schlimm, aber mir steckte der Schock noch immer tief in den Knochen und ich wollte keine Zeit vergeuden und meinen Blutzucker im Blick haben. Schließlich hing nun meine Gesundheit davon ab – ich brauchte dieses Messgerät noch heute. Also fuhren wir in eine größere Apotheke in Schleswig, hier war das Gerät vorrätig und wurde mir vom Hersteller kostenfrei zur Verfügung gestellt. Zufrieden ging es wieder nach Hause, ich hatte meine Werte nun im Blick. Gegen 17 Uhr war dann die erste eigene Messung fällig – ich hatte mir Alarme in mein Handy einprogrammiert, so dass ich es auf keinen Fall vergessen würde.

Meine erste Messung war dann tatsächlich unerwartet niedrig – 139 mg/dl zeigte mein Messgerät, also keine Korrektur notwendig. Um 19 Uhr war es dann soweit, mein erstes Mal stand mir bevor, ich sollte mich nun selbst mit einer Nadel stechen, in den Bauch. In meinen Bauch! Im Badezimmer setzte ich mich auf den Rand der Badewanne, zog die Schutzkappe vom Insulinpen ab und schraubte die Nadel auf den Pen. Aufgeregt drehte ich am Einstellrad für die Einheiten, Zehn sollten es sein. Ich schaute auf die Skala und konnte natürlich nichts erkennen, die Zahlen viel zu klein, zu unscharf. Mit meinem Freund, der Handylupe, vergrößerte ich die Skala, zählte die Klicks. Zehn – ich drückte Gianna den Pen in die Hand „Bitte kontrolliere nochmal, ob das Einstellrad auch wirklich auf zehn steht, ich möchte nichts verkehrt machen". Gianna prüfte den Pen „Ja, steht auf Zehn". Nun setzte ich mich wieder auf den Badewannenrand, desinfizierte meinen Bauch, zog die Schutzkappe von der Nadel. Jetzt sollte es soweit sein. Ich kniff meinen Bauch zwischen Daumen und Zeigefinger zusammen, zittrig näherte ich mich mit der Nadel der Hautfalte „Jetzt mach schon, stich das Ding rein" dachte ich mir. „Wird schon nicht so wild sein" versuchte ich mich zu motivieren. Ich setzte die Nadel nochmal ab und kontrollierte die Einstellung nochmal mit meiner Handylupe. Nächster Anlauf, jetzt wird es klappen. Wieder kniff ich mir in den Bauch und setzte die Nadel an. Nun war ich mutig und drückte mir die Nadel in die Hautfalte. „War ja gar nicht schlimm", Erleichterung machte sich bei mir breit, zufrieden schraubte ich die Nadel wieder vom Pen und warf sie in ein altes Gurkenglas, welches ich mir bereitgestellt hatte.

Direkt am Freitag hatte ich einen Termin bei meinem Hausarzt, Herrn Knackmann, den Termin hatte Gianna mir bereits gemacht, als ich aus dem Krankenhaus entlassen werden sollte. Wir setzten uns also ins Auto und Gianna fuhr mich zum Arzt. An selber fahren war zu diesem Zeitpunkt überhaupt nicht mehr zu denken. Mein Sehvermögen war so unglaublich stark eingeschränkt, dass ich es mir selbst nicht mehr zugetraut habe und auch der Augenarzt dringend davon abgeraten hat. Bisher hatte ich von

meinem Hausarzt immer ein wenig kompeten-
tes Bild, ich ging eben hin, wenn ich eine Krankschreibung brauchte, weil ich vielleicht Grippe
hatte oder Bauchweh. Doch diese Meinung
sollte sich am heutigen Tag ändern. Mit einer ge-
dämpften Erwartungshaltung ging ich also in
sein Sprechzimmer, eigentlich wollte ich ja nur
eine Krankschreibung, da ich zur Zeit nicht arbeiten konnte. Der Arzt erklärte mir eine ganze
Menge zu den Medikamenten die ich im Moment nehmen muss, zu dem Insulin und der
Wirkweise. Er nahm sich über eine Stunde Zeit
für mich, trotz vollem Wartezimmer. Herr
Knackmann hatte schon einige Erfahrung mit
Diabetespatienten und betreut diese im DMP,
einem speziellen Programm, welches speziell
für Menschen mit chronischen Erkranken gedacht ist. Er klärte mich über die Inhalte des
DMP auf, dass dies zum Beispiel beinhaltet,
dass ich eine regelmäßige Verlaufskontrolle erhalte – alle drei Monate Blut abnehmen und die
Werte im Blick behalten, Beratung und Schulung zu meiner Erkrankung und noch einiges
mehr. Ich war also einverstanden und unterzeichnete den Vertrag für das DMP – schließlich

soll ich ja noch viele Jahre mit dieser Krankheit zurechtkommen, daher war für mich klar: „ich muss mich mit der Erkrankung auseinandersetzen und das bestmögliche tun, damit ich damit alt werde". So einen Schuss vor den Bug, wie ich ihn mit meinen Augen bekommen habe, möchte ich nicht noch einmal erleben. So verließ ich also die Praxis, mit einer Hand voller Rezepte, Tabletten, Insulinpens, Nadeln, Sensorstreifen und Lanzetten, dies alles sollte ich mir nun also aus der Apotheke holen. Ich stieg wieder zu Gianna ins Auto, sie hatte auf dem Parkplatz vor der Klinik gewartet. Wir fuhren zur Apotheke und ich löste meine Rezepte ein – mit einer prall gefüllten Tüte, voller Diabetes-Zeug, stieg ich wieder ins Auto. „Ich glaube fürs Erste haben wir alles" sagte ich zu Gianna. Nun brauchten wir also noch etwas zu Essen. Total verunsichert und planlos, was man als neuer Diabetiker überhaupt alles Essen kann, fuhren wir zu Edeka.

Ich hatte wirklich überhaupt keine Ahnung was dem Blutzucker gut tut, was ihn hoch schießen lässt oder wie man sich korrekt ernährt. Bisher hatten wir gern Nudeln in allen Variationen gegessen, Kartoffeln und Reis. Ob diese Lebensmittel noch für mich geeignet sind, wusste ich zu diesem Zeitpunkt noch nicht. Bei Edeka angekommen suchte ich also erst einmal alles zusammen wo „Bio" oder „Dinkel" draufstand – schließlich dachte ich „Was die Leute mit Baumwollhosen und Jesuslatschen essen, das kann nicht so verkehrt sein". Gianna war zu diesem Zeitpunkt die größte Hilfe, die ich beim Einkaufen nur hätte haben können. Meine Augen waren noch immer so schlecht, dass ich keine Preisschilder lesen konnte. Beim Bezahlen stand mir der Schweiß auf der Stirn, wenn ich am EC-Terminal meine Geheimzahl eingeben sollte – konnte ich doch die kleinen Zahlen auf den Knöpfen nicht lesen. So versuchte ich also abzuschätzen, welches der richtige Knopf sein könnte, drückte drauf los und hoffte, dass der erlösende Piepton kommt und die Zahlung erfolgt ist.

Nun kauften wir also allerlei Dinkelbrote, Vollkornnudeln, Wildreis und andere Sachen, von denen wir dachten, dass diese gut für mich seien. Die Nährstofftabellen wurden von

Gianna und mir studiert, die Lupenfunktion im Handy war mir mittlerweile sehr vertraut. Noch immer schauten wir nicht auf die Kohlenhydrate, sondern nur auf den in den Produkten enthaltenen Zucker – heißt ja schließlich nicht nur Diabetes, sondern jeder sagt „Zuckerkrank", muss also mit dem Zucker zu tun haben, so dachten wir.

Zwischenzeitlich machte ich einen Termin beim Diabetologen, Dr. Tommel. Gianna kam wieder mit, weil ich noch immer starke Einschränkungen im Sehen hatte. Es ging wieder darum Aufnahmebögen auszufüllen und einen Katalog an Fragen zu beantworten. – Seit wann haben Sie Diabetes, wann waren Sie zuletzt im Krankenhaus, gibt es andere Erkrankungen und noch vieles mehr. Gianna füllte Frage für Frage für mich aus. Den Fragenkatalog noch nicht fertig beantwortet rief Dr. Tommel mich in sein Behandlungszimmer „Egal, wir brauchen nicht alles, das reicht schon so", nahm er Gianna das Klemmbrett weg.

Dr. Tommel musterte meinen Arztbrief aus dem Krankenhaus „Langzeitzucker 14,5%, das ist ganz schön hoch", „Gucken wir mal wo Sie jetzt liegen". Mir wurde Blut aus dem Ohrläppchen abgenommen, er musterte die Messergebnisse „10,5, Sie sind jetzt schon 4% runtergegangen". Ich schilderte ihm meine Sehprobleme und er erklärte mir „Da hat sich jetzt Wasser in der Linse gesammelt, weil der Zucker jetzt runter geht, das dauert so 6 Wochen, dann wird es besser werden". Damit machte er mir unbewusst eine sehr große Hoffnung, dass ich schon bald wieder besser sehen kann. „Wurden ihre Füße schon untersucht?" fragte er mich, ich verneinte. Daher legte ich mich auf die mit grünem Kunstleder bezogene Liege, die in der Ecke stand. Er nahm eine übergroße Stimmgabel, schlug diese an seiner Hand an und hielt sie mir an den großen Zeh „Merken Sie das? Wenn Sie der Meinung sind, dass die Gabel nicht mehr schwingt, sagen Sie Bescheid" – ich wartete einige Zeit, merkte die Vibration der Stimmgabel in meinem großen Onkel. „Jetzt ist es vorbei" entgegnete ich ihm. Dies wiederholte er einige Male an verschiedenen Stellen meiner Füße, immer konnte ich auf den Punkt genau sagen, wann die Gabel nicht mehr schwingt. „Keine Neuropathie" nickte er zufrieden.

Wir einigten uns darauf, dass eine Schulung für mich Sinn macht, aber erst, wenn mein Sehvermögen wieder besser geworden ist. Daher passte er meine Medikation ein wenig an, ich sollte ab jetzt elf Einheiten Langzeitinsulin spritzen, damit mein morgendlicher Blutzuckerwert weiter heruntergeht. Mit diesem Plan und einer Handvoll neuer Motivation fuhren wir wieder nach Hause – „Mein Sehen soll sich also verbessern, nur noch sechs Wochen durchhalten". So fuhren Gianna und ich dann also einen Nachmittag zum Cittimarkt in Flensburg, ich konnte noch immer nicht richtig gucken, wollte aber unbedingt mit. Ich hatte den Plan, dass ich nach Snacks gucke, die ab nun für mich geeignet sein sollten. „Hier im Großmarkt sind meine Chancen am besten" waren meine Gedanken.

So durchstreiften wir also diesen unglaublich riesigen Markt und suchten die Bioabteilung auf – hier hatte ich noch immer den Gedanken, dass ich geeignete Snacks finden würde. Noch immer war ich auf dem Trichter, dass alles mit Dinkel für mich geeignet wäre. Also durchsuchten wir die Cracker und Kekse nach allem, wo auch nur annähernd das Wort Dinkel draufstand. Gianna musste natürlich wieder alle Inhaltsstoffe für mich vorlesen, ich fühlte mich wie ein Analphabet, als wäre ich im Urlaub und könnte die fremden Schriftzeichen nicht entziffern. Mit einer Engelsgeduld las Gianna mir alles vor, schaute nach allem worauf ich zeigte. Bei mir entwickelte sich das Gefühl, dass sie nicht nur meine Ehefrau ist, sondern auch gleichzeitig meine Betreuerin. Ich wollte keine Betreuerin, ich wollte meine Freiheit zurück, ich wollte allein irgendwo hin, allein einkaufen, allein lesen, einfach selbstständig leben. So landete ein Packung nach der anderen im Einkaufswagen, Cracker mit Ernie aus der Sesamstraße, Cracker mit Bert aus der Sesamstraße, Dinkel-Sesamcracker, zuckerfreie Kekse, einfach alles was ich bisher vermisste und von dem ich in diesem Moment überzeug war, dass es meinem Blutzucker nicht schaden würde.

Wir fuhren mit der Rolltreppe ins obere Stockwerk, hier gab es alles an Haushalts- und

Hygieneartikeln. Selbstbewusst stiefelte ich zu der Zahnpasta, ich wollte mir selbst beweisen, dass ich auch etwas einfaches, so wie Zahnpasta, alleine aussuchen und einkaufen kann – was soll man hier schon großartig falsch machen? So landete die Tube also im Wagen, stolz zeigte ich Gianna meine Beute „Hier, Zahnpasta, habe ich selbst ausgesucht!" – Gianna guckte mich verlegen an: „Pack die wieder weg, das ist Kinderzahnpasta mit Spiderman drauf". Enttäuscht, dass ich im Moment nicht mal das allein hinbekommen habe, packte ich die Tube wieder ins Regal und griff eine andere. „Die ist in Ordnung" sagte Gianna mir. Mit meiner Ausbeute an Snacks und meiner Zahnpasta für Erwachsene fuhren wir wieder nach Hause. Ich gönnte mir ein paar der neuen Cracker und wir ließen den Tag ausklingen.

Gianna nahm mir wirklich sehr viel Arbeit ab, kümmerte sich nicht nur um mich, um Amy, sondern auch noch um den Haushalt. Ich wollte Sie so gut es geht unterstützen, auch wenn es nur darum ging die Spülmaschine auszuräumen. Selbst diese Aufgabe war für mich eine

Herausforderung. Ich konnte nur schwer erkennen wo die Gabel ist, in welche Richtung das Messer zeigt und wo in der Besteckschublade diese Sachen hingehören. So dauerte es alles etwas länger. Ich ertastete die Richtung der Messerklingen und legte diese vorsichtig in der Schublade ab. „Bloß nicht zu übereifrig werden, sagte ich mir selbst", ich wollte ja schließlich nicht noch riskieren, dass ich mich schneide. So versuchte ich also einfache Aufgaben im Haushalt zu übernehmen, der Großteil allerdings blieb an Gianna hängen. Ich war damit beschäftigt meine Arzttermine zu koordinieren und mein Wissen über das Thema Diabetes zu erweitern.

Zunächst fing ich an Brötchen selbst zu backen, mir schmeckte das abgepackte Brot aus dem Supermarkt einfach nicht mehr und ständig frisches Brot vom Bäcker zu holen war mir schlichtweg zu teuer. Also suchte ich bei Google „Brötchenrezept Diabetes" – am PC klappte das ganz gut, hier konnte ich die Zoomfunktion im Browser nutzen. Die ersten Suchergebnisse waren nicht wirklich befriedigend, aber ich hatte ja

Zeit, also suchte ich weiter und weiter. Schließlich stieß ich auf High-Protein Brötchen mit körnigem Frischkäse und Dinkelmehl. Bisher war ich noch immer der Überzeugung, dass Dinkel das Allheilmittel sei. So fing ich an die Brötchen zu backen, zunächst nur eine kleine Ladung zum Probieren, später dann größere Mengen, mit denen ich auch meine Schwiegermutter und Susanne und Manni versorgte. Diese Brötchen waren ein Segen, so schmackhaft, so locker und so frisch. So wurde das Backen von Brötchen mein neues Hobby, ich backte und anschließend postete ich Bilder davon in meiner Instagramstory. Von meiner Familie und Bekannten bekam ich viel Zuspruch für meine Werke, damit fühlte ich mich wieder wertvoll, „ich kann doch noch etwas alleine machen. Eine Sache die nicht unbedingt erfordert, dass ich besonders gut gucken können muss". Dieses Gefühl hatte ich schon lange vermisst, ich konnte wieder einen Beitrag leisten, für mich und vor allem für Gianna. Endlich etwas zurückgeben, mich bedanken für die Mühe die sie sich mit mir gab.

Das Fingerpieksen gehörte mittlerweile zu meinem Alltag, ich hatte schon eine richtige Routine entwickelt. Morgens direkt nach dem Aufstehen, vor dem Mittagessen, vor dem Abendbrot und vor dem zu Bett gehen. Gianna und ich guckten gern Dokumentationen auf YouTube, im normalen Fernsehprogramm gab es nur hin und wieder Sendungen die uns interessierten. So fingen wir auch schon damals an uns Dokumentationen über Behinderte und chronisch Kranke anzuschauen. Nicht um uns über sie lustig zu machen oder uns an ihrem Leid zu erfreuen. Uns faszinierte, wie diese Menschen ihren Alltag meistern, sich selbst motivieren und auch andere motivieren. So kam es, dass wir über eine Dokumentation mit jungen Leuten sahen, die an Tourette erkrankt sind. Viele dieser Leute geben ihrem Tourette einen Namen, so gibt es eine junge Frau, die ihr Tourette „Hans-Jörg" getauft hat. Immer wenn sie einen Tic hat, übernimmt Hans-Jörg die Kontrolle über ihren Körper und ihr Handeln. Dies inspirierte mich und ich schlug Gianna vor: „Lass uns meinem Diabetes einen Namen geben", denn auch Diabetes kann die Kontrolle über den Körper und die Stimmung übernehmen. So tauften wir meinen Diabetes auf den Namen „Jürgen". Jürgen sollte also ab jetzt mein Freund werden, wir verstanden uns nur noch nicht so gut, da wollte ich dran arbeiten. So kam es also, dass Jürgen mich unheimlich müde machte, wenn er sehr hoch war und mich wie betrunken machte, wenn er sehr niedrig war. Für mich war nun also klar, dass ich alles daran setzen wollte, dass es Jürgen und damit natürlich auch mir, gut geht.

Hatte Jürgen eine hohe Spitze und wollte mich müde machen, so bekam er von mir eins auf die Mütze. Ich spritzte ein schnellwirksames Insulin und holte ihn wieder runter. Verhielt er sich umgekehrt und war der Meinung, dass er mich albern machen wollte, bekam er Traubenzucker. Dieses Spielchen ging eine ganze Weile, er pendelte sich bei einem Wert so um die 160 ein.

Meine Therapie für die Augen war nun auch gestartet. Ich sollte also Spritzen in die Augen bekommen. Der erste Termin stand an. Freitag 9 Uhr in Kiel in der Augenklinik am UKSH. Gianna und ich hatten mit meiner Mutter vereinbart, dass sie mich nach Kiel fahren würde. Gianna ist das Fahren in einer größeren Stadt nicht geübt und somit war es beschlossene Sache – meine Mutter fährt mich, wartet mit mir und fährt mich wieder nach Hause. Das war ihr wichtig mir zu zeigen „ich bin für dich da, ich unterstütze dich". So fuhren wir also am Freitagmorgen nach Kiel, ich meldete mich an und wir gingen ins Kellergeschoss der Augenklinik. Hier sollte es nun also stattfinden, mit mir zusammen warteten schon ein paar alte Hasen, die kannten das schon mit den Spritzen. Auch hier meldete ich mich wieder an und wurde gefragt „Haben Sie Allergien? Nehmen Sie Blutverdünner?", diese Fragen konnte ich verneinen und ich bekam einen Tropfen zum Weitstellen der Pupille. Nun wurde also gewartet. Die Voruntersuchung ging routinemäßig schnell von der Hand. Ein kurzer Sehtest, der Augeninnendruck wurde gemessen. Nun noch die Netzhaut betrachten: „Gucken Sie nach oben, nach rechts oben, nach rechts, rechts unten, unten, links unten, links, links oben". Dann wieder im Wartezimmer Platz nehmen. Warten, das kannte ich ja schon aus der Augenklinik. Nun kam eine

Schwester im regelmäßigen Abstand und gab mir Betäubungstropfen ins Auge und übergab mir eine grüne OP-Haube. Diese setzte ich auch prompt auf und präsentierte mich meiner Mutter, sie lachte „Du hast dein Lächeln noch immer nicht verloren, das freut mich so sehr". Ich wollte ihr meine Anspannung und Nervosität nicht zeigen, ich wollte das ganz cool durchziehen, innerlich klapperten mir allerdings die Arschbacken. Schließlich wurde ich aufgerufen, dass ich in den OP kommen soll. Mutig stand ich von meinem Wartestuhl auf und ging in den gefliesten Raum. Meine Brille wurde mir abgenommen und ich sollte mich auf den mit einer Papierauflage ausgelegten Stuhl setzen. „Ich fahre Sie jetzt einmal runter" erklärte mir die OP-Schwester. Die Ärztin fragte mich „Ist ja ihr erstes Mal, soll ich genau erklären was ich mache? Oder nur das Nötigste?". Ich wollte nur das Notwendigste wissen, ich wollte nicht wissen wann die Spritze kommt. So wurde mir ein blaues Tuch über den Kopf und den Oberkörper gelegt, nur ein Loch durch das ich hindurchgucken konnte war darin. Nun wurde das Auge von außen desinfiziert, mit einer jodhaltigen

Tinktur, der Jodgeruch legte sich in meine Nase. „Das lassen wir kurz einwirken, dann geht es weiter" erklärte die Ärztin. Die Tinktur wurde wieder abgetupft und es kam ein milchiges Klebeband über das Auge, damit wurden die Wimpern weggeklebt. Anschließend wurde das Klebeband mit einer kleinen Schere direkt über dem Auge aufgeschnitten. „Schauen Sie einmal nach oben", zack die Lidklammer wurde im oberen Augenteil eingesetzt, „Schauen Sie einmal nach unten", Lidklammer ins untere Teil des Auges. Nun konnte ich also nicht mehr blinzeln. „Wir desinfizieren nun das Auge und die Bindehaut, das kann sich ein bisschen unangenehm anfühlen". Die Ärztin spülte mir eine Jodlösung ins Auge. Ich dachte sie hätte mir Benzin ins Auge gespritzt, es brannte unglaublich, so ein unangenehmes Gefühl im Auge. Ich äußerte meine Schmerzen, „einen Augenblick noch, dann spülen wir und geben noch einen Betäubungstropfen". Endlich kam die Erlösung und das Auge wurde gespült, der Schmerz ließ nach. Nun hieß es wieder „Schauen Sie nach links oben", die Stelle zum Spritzen wurde markiert und ich wurde von der Stirnlampe der Ärztin geblendet. „Fertig, wir befreien Sie jetzt" sagte die OP-Schwester – „Das wars? Wo war die Spritze?" ich hatte es gar nicht gemerkt. Bekam noch eine Augensalbe und einen Verband über das Auge geklebt. So durfte ich dann wieder nach Hause. Auf der Rückfahrt musste ich meiner Mutter genau erklären was gemacht wurde und wie es abläuft. Mir war sowieso danach das alles im Detail zu erklären, so konnte ich das Erlebte direkt verarbeiten und mir vielleicht Tipps einholen, wie ich es beim nächsten Mal besser oder einfacher haben könnte.

Zuhause angekommen erzählte ich auch Gianna von meinen Erlebnissen mit dem Spritzen. Sie wollte lieber keine zu großen Details hören, denn ihr tat es schon nur vom Zuhören weh. Der Nachmittag und Abend gestaltete sich für mich sehr anstrengend, mein Auge war stark gereizt und tränte wie verrückt. Als wäre das nicht schon genug, begann es auch noch zu jucken, als hätte ich Sand im Auge. Glücklicherweise hatte ich einige Tupfer zuhause mit denen ich die Tränen wegwischen konnte, der Juckreiz verschwand mit meinem Schlaf. In der Folgewoche war dann das linke Auge dran, hier war der Ablauf gleich, nur wurde ich diesmal gefragt ob ich einen Salbenverband haben wolle oder nur Augentropfen und meine Brille. Da ich auf dem rechten Auge noch schlechter sehen konnte als auf dem linken, war ich einverstanden mit Augentropfen und dem Weglassen des Verbandes. Das war viel besser, es tränte nicht mehr so stark, nur der Juckreiz war wieder da. Dafür hatte ich noch kein Mittel gefunden, da musste ich durch.

So ging es nun einige Termine nacheinander, im Zweiwochentakt musste ich zu meinem Hausarzt, immer dieselben Gespräche „Wie geht es Ihnen?" – „Mir geht es soweit gut, ich kann nur noch nicht richtig gucken". So verlängerte sich meine Krankschreibung immer wieder um zwei Wochen.

Nach jedem Spritzentermin fuhr Gianna mit mir nach Husum, zum Augenarzt, dort wo die ganze Geschichte angefangen hatte. Hier wurde nachkontrolliert, ob das Auge Entzündungsanzeichen zeigen würde. Zum Glück war aber jedes Mal alles in Ordnung und ich konnte direkt nach der Kontrolluntersuchung wieder los. Gianna und ich nutzten die Gelegenheit um in Husum bei Loof Mittag zu essen. Wir suchten uns verschiedene Fischteller aus und nahmen immer etwas für zuhause mit. Auch an Amy dachten wir, sie liebt Krabben und so sorgten wir dafür, dass sie in den Genuss kommt und ein paar der kleinen Meeresbewohner fressen konnte.

Langsam besserte sich meine Sehkraft, das eingelagerte Wasser aus der Linse machte sich aus dem Staub und die Spritzen schlugen an. Ich fühlte mich großartig, ich gewann an Lebensqualität zurück, konnte selbst Preisschilder lesen, die Schriftgröße in meinem Handy kleiner stellen und dann kam die für mich freudigste Nachricht vom Augenarzt „Sie können Autofahren, wenn Sie sich dazu in der Lage fühlen. Vom Sehen her spricht nichts dagegen." Innerlich vollführte ich Luftsprünge. Nun war es also so, dass Gianna mich zwar zu den Kontrollterminen begleitete, ich aber selber fuhr. Das gab mir Sicherheit, sollte ich mich doch nicht so fühlen oder Jürgen würde sich nicht benehmen, so wäre Gianna immer noch da um mir zu helfen. So nahmen wir Amy dann auch regelmäßig mit nach Husum, unsere Besuche bei Loof ließen wir ausfallen, dafür fuhren wir im Anschluss nach Schobüll und gingen dort mit ihr spazieren.

Im Juli sollte ich dann wieder zu meinem Hausarzt, Herrn Knackmann, mein erster DMP-Termin stand an. Blutdruck messen, Wiegen, Blut abnehmen. Am nächsten Tag dann die Ergebnisse besprechen. Mein Arzt war schon ziemlich stolz auf mich: „Im April noch 14,5%, jetzt runter auf 7,4%, da können wir schon fast zufrieden sein". Auch eine Verlaufskontrolle meiner Spritzenserie sollte in der Augenklinik gemacht werden. Hier war ich wieder pünktlich morgens um 9 Uhr zu meinem Termin erschienen. Wir betraten den Warteraum, es war Brechen voll, „egal, ich habe ja einen Termin für 9 Uhr" dachte ich. Die Voruntersuchung ging auch einigermaßen schnell, wieder nur einen Sehtest gemacht und mit meiner Akte wurde ich zur Fotoabteilung geschickt. Kannte ich ja schon, hier wird wieder ein OCT gemacht, erklärte ich meiner Mutter, die mich wieder gefahren hatte. Nach einiger Zeit wurde ich dann in den Fotoraum gebeten und setzte mich vor das OCT Gerät, „Bitte auf den grünen Punkt gucken, dann wird es gleich einmal hell". Das Gerät scannte meine Augen, rote Laserlinien zuckten unter unangenehm klingenden Geräuschen durch mein Auge. Weh tat es nicht, aber unangenehm hell war es. „Fertig, wir bringen die Akte zum Arzt und dann werden Sie aufgerufen", so wurde ich wieder in den Warteraum geschickt. Hier saßen wir nun also und warteten und warteten, mittlerweile war es bereits 11 Uhr, dann wurde ich endlich in das Arztzimmer gerufen. Dort wurde meine Netzhaut begutachtet, kannte ich ja schon vom Spritzen „nach oben gucken, oben rechts, rechts und so weiter". „Wir machen noch eine Farbstoffuntersuchung" erklärte mir die Ärztin. Ich hatte schon Hoffnung, dass es diesmal nicht sein muss. Also wurden mir die Pupillen wieder weitgetropft und ein Zugang in meine Armvene gelegt. Ich wartete wieder vor der Fotoabteilung. Nach einer gefühlten Ewigkeit wurde dann die Farbstoffuntersuchung gemacht und im Anschluss durfte ich – genau! Im Warteraum

Platz nehmen. Ich dachte ja, dass es mit Termin einigermaßen schnell gehen würde, daher hatten wir nichts zu essen eingepackt, ein Fehler wie ich feststellte. Mir knurrte der Magen und auch Jürgen war nicht mehr so glücklich und begann damit abzusacken. Ich musterte den Snackautomaten, der neben der Tür stand. „Was soll ich mir nur da rausziehen? Das sind alles keine guten Sachen für einen Diabetiker. Snickers, Chips, Kekse, Hanuta". „Bifi, ich glaube ich entscheide mich für eine Bifi", so ging ich zum Automaten und zog mir eine Bifi-Roll aus dem Ding, ein paar Kohlenhydrate tun sicher gut, auch wenn sie aus dem Weizenbrötchen kommen. Schnell merkte ich, wie sich Jürgen auf den Snack einließ und meine Laune wieder stieg. Nun wurde ich nochmal ins Arztzimmer gerufen, die Ärztin teilte mir mit, dass die Untersuchungen soweit ganz gut aussehen würde. Sie müsse allerdings gleich los, würde meinen Fall aber einem Kollegen übergeben, der dann mit dem Oberarzt nochmal darauf schaut und mir mitteilt, wie wir weitermachen. So wurde es dann Mittag, wir warteten noch immer im

Warteraum, die Aufrufe aus dem Lautsprecher verstummten – es war jetzt wohl Mittagspause.

Bis 13 Uhr passierte hier gar nichts mehr. Danach wurden wieder Leute aufgerufen, mein Name war noch immer nicht aus dem Lautsprecher ertönt. „Noch drei Leute, dann komme ich dran" versuchte ich meine Mutter und mich zu motivieren. So war es dann auch, endlich wurde ich aufgerufen und konnte erneut ins Arztzimmer gehen. Hier warteten ein Arzt und der Oberarzt auf mich. Sie erklärten mir, dass die Ödeme auf meiner Netzhaut noch nicht ganz weg seien, aber alles in allem wären sie sehr zufrieden mit dem aktuellen Ergebnis. Sie schlugen mir vor „Wir machen noch eine weitere Spritzenserie, dreimal rechts, dreimal links", dann machen wir eine erneute Kontrolle und gucken uns das Ergebnis an. Mit dieser ernüchternden Erkenntnis verließ ich nach etwa 10 Minuten das Arztzimmer – wir hatten es jetzt schon 15:30 Uhr. Endlich nach Hause, endlich was essen.

So fuhren wir also nach Hause, Gianna hatte schon Essen vorbereitet. Eine Hackfleischpfanne mit Kartoffelstücken. Nicht optimal für mich, aber in diesem Fall war es mir total egal. Ich hatte einfach ein großes Loch im Bauch und das wollte gestopft werden. Ohne darüber nachzudenken schob ich mir eine Gabel nach der anderen hinein. Es war das Beste was ich je gegessen habe, so fühlte es sich an. Einige Zeit nach dem Essen merkte ich, wie ich müde wurde. Lag es an dem langen anstrengenden Tag? Oder machte Jürgen mir einen Strich durch die Rechnung? Ich holte mein Messgerät, piekste mir in den Finger und hielt den Sensorstreifen an den Blutstropfen. 220 zeigte das Display an – das war die Quittung für mein Essen. Jürgen bedankte sich mit einer sehr hohen Spitze und ließ mich müde werden. Bisher hatte ich ihn gut im Griff, es fühlte sich wie ein herber Rückschlag an.

„So kann es nicht weitergehen" dachte ich mir und beschloss meine Ernährung noch weiter umzustellen. Irgendwas muss doch faul sein an dem Hype um Dinkel, dieses ganze Biozeug ist vielleicht gut für einen gesunden Menschen, aber ich bin krank, chronisch krank, ohne dass man es mir ansieht. Ich fing also an mich weiter in das Thema Ernährung einzulesen. Was sind überhaupt Kohlenhydrate und was bewirken sie? Kohlenhydrate, wichtige Energielieferanten für den Körper, sie bestehen aus verschiedenen Zuckern, die so die Kohlenhydrate bilden. Wird die Energie nicht sofort benötigt oder es werden zu viele Kohlenhydrate aufgenommen, werden diese als Speicherzucker oder in Fett umgewandelt. „So funktioniert das also" stellte ich fest. Da ich als T2D diagnostiziert bin, so kürzt man Diabetes Typ 2 ab, haben meine Zellen eine Insulinresistenz gebildet. Bedeutet also, dass mein Körper eigentlich selbst ausreichend Insulin produziert, die Zellen, die den Zucker aufnehmen sollen, aber nicht mehr so gut auf das Insulin ansprechen.

Man kann es also mit einem Schlüssel-Schloss-Prinzip vergleichen. Das Insulin ist der Schlüssel um den Zucker in die Zellen zu lassen. Die Zellen müssen vom Insulin aufgeschlossen werden. Bei einer Insulinresistenz klemmen einige Schlösser und lassen sich nicht mehr so leicht öffnen. Nun gibt es also mehrere Möglichkeiten den Blutzucker in Schach zu halten. Zum einen kann man natürlich Insulin spritzen, also den Schlüsselbund größer machen, so dass man mehr Chancen hat die klemmenden Schlösser zu öffnen. Eine andere Möglichkeit ist, die Kohlenhydrate zu reduzieren und somit also die Anzahl an Schlössern, die geöffnet werden müssen, zu verkleinern. Einen großen Schlüsselbund mit mir rumschleppen, das ist nicht das was ich möchte – die Zellen stumpfen dann immer weiter ab, weil die Bauchspeicheldrüse selbst versucht den Schlüsselbund größer zu machen. Also habe ich mich dafür entschieden die Anzahl an zu knackenden Schlössern zu verringern.

Ich fing an mich über Lowcarb- und Ketoernährung zu belesen, ich wägte ab, ob sich diese Ernährungsform für mich eignen könnte. Lowcarb und Keto ist nicht nur für Leute geeignet die Gewicht verlieren möchten, sondern auch für Leute, die sich mit wenig Kohlenhydraten ernähren wollen. Die Energiegewinnung des Körpers findet hier über das zugeführte Fett statt. Da unser Körper auf Energielieferanten angewiesen ist, fängt die Leber nach einer gewissen Zeit an Ketonkörper als Energielieferant zu bilden. Diese Ketonkörper werden dann anstelle von Traubenzucker als Energielieferant verwendet. Dies passiert, wenn über eine längere Zeit weniger als 40-50 Gramm Kohlenhydrate am Tag zugeführt werden. Wenn man bedenkt, dass bereits eine Banane etwa 30 Gramm Kohlenhydrate enthält, dann ist die Grenze von 40-50 Gramm am Tag schnell erreicht. Normales Brot, Nudeln, Kartoffeln, Reis und süßes strich ich also von meinem Speiseplan. Ab jetzt wollte ich nur noch Kohlenhydrate, die sowieso in Gemüse enthalten sind zu mir nehmen und so gut es geht darauf achten, dass ich nicht zu viele davon zu mir nehme. Mehr Eiweiß, also Protein, aus Fleisch, Fisch und Eiern sollten es werden. Hier stieß ich dann auf das nächste Problem – ich hasse den Geschmack von Eiern. Wenn sie irgendwo drin verarbeitet sind und der Eigeschmack nicht so dominant ist, dann ist es in Ordnung für mich, aber ein gekochtes Ei? Rührei? Spiegelei? Nein, das bekomme ich nicht runter, allein der Geruch schreckt mich schon ab. Dann brauchte ich also noch Fett als

Energielieferant, das bekomme ich über Käse, Butter, Öl und Nüsse. Die Grundidee war also geboren – ich ernähre mich mit einer Mischform aus Lowcarb und Keto! So ging es also weiter, ich fing an mir Rezeptideen aus dem Internet zu suchen, um es für Gianna und mich leichter zu machen, stellte ich ein Kochbuch mit rund 30 Gerichten zusammen. So wäre für jeden Tag im Monat ein anderes Rezept vorhanden und die Abwechslung ist auch gegeben. Einige Gerichte eignen sich auch um sie einfach für zwei Tage zu kochen. Da ich bei sowas sehr praktikabel denke und über einen gesunden Menschenverstand verfüge, brach ich die Rezepte auf die nötigsten Anweisungen herunter. Mich interessiert nicht, dass ich die Zwiebeln in kleine, gleichmäßige Stücke schneiden muss, sie dann in einem Löffel Öl gold-gelb-glasig anbraten muss. Das sind Informationen, die meiner Meinung nach völlig unnötig sind, das erklärt sich von allein. Zucchini gefüllt mit einer Mischung aus Thunfisch, Frischkäse und Feta sollte eines unserer Lieblingsgerichte werden. Einige Rezepte führe ich in diesem Buch zum Nachkochen auf. Hier das Rezept für die Zucchini:

Einkaufsliste:

- 2x mittelgroße Zucchini
- 1x Packung Frischkäse
- 1x Packung Feta
- 2x Dose Thunfisch in Öl
- 1x Packung geriebener Gouda
- 1x Zwiebel
- Paprikapulver, Salz, Pfeffer

Rezept:

Die Zwiebel kleinschneiden und anbraten, währenddessen die Zucchini halbieren und mit einem Teelöffel auskratzen. Etwa die Hälfte des Ausgekratzten mit in die Pfanne geben und weiter anbraten. Den Thunfisch abgießen und mit in die Pfanne geben, dann etwa eine halbe Packung Frischkäse und eine halbe Packung Feta mit dazugeben, alles so lange in der Pfanne braten, bis sich eine cremige Masse entwickelt hat. Nach Geschmack mit Paprikapulver, Salz und Pfeffer würzen. Die ganze Masse gleichmäßig in die Zucchinihälften geben und bei 180°C Heißluft im Backofen ca. 15-20 Minuten lang backen.

Dann den Gouda draufgeben und nochmal ca. 15 Minuten lang backen.

Dieses Rezept habe ich auch an meine Mutter und Manni gegeben, auch die beiden waren total begeistert. Da sich beide ganz normal ernähren, versuchten sie die Thunfischmasse auch auf Toastbrot und waren ebenfalls begeistert – „Wie kann Thunfisch mit Frischkäse nur so lecker sein?!" schrieb meine Mutter mir über Whatsapp.

Auch Jürgen zeigte sich begeistert von meiner neuen Ernährungsform, er entschied sich dazu seinen Nüchternwert so um die 100 mg/dl einzupendeln, ab und zu ging er ein bisschen weiter runter, ab und zu ein bisschen hoch. Aber alles in allem immer relativ konstant weit unten.

Ich zog meine neue Ernährung also weiter durch, achtete nun streng darauf, dass alle Lebensmittel, die ich kaufte oder benutzte weniger als 10 Gramm Kohlenhydrate auf 100 Gramm Produkt haben. So wollte ich Jürgen keinen Grund mehr geben ins Maßlose zu steigen.

Schließlich hatte ich ja schon eine Folgeerkrankung der Diabetes auf meinen Schultern.

Mittlerweile war nun schon August geworden, der Sommer war fast vorbei. Meine Krankschreibungen wurden immer wieder verlängert und meine Ungeduld wuchs weiter. Endlich teilte mir mein Augenarzt dann mit, dass aus seiner Sicht nichts mehr dagegen sprechen würde, dass ich wieder arbeiten gehe. So rief ich dann also bei meinem Hausarzt an und sagte den Folgetermin für die nächste Krankschreibung ab. „Ich kann wieder am Arbeitsleben teilnehmen, raus aus dem Krankengeld, wieder alles ganz normal, wie vorher". So meldete ich mich also bei Marius und teilte ihm mit „Im September bin ich wieder da, dann geht es wieder los!". Auch er freute sich sehr für mich, wurde ich doch schon ziemlich vermisst in der Firma. Nachdem meine letzte Krankschreibung auslief und ich meinen Jahresurlaub genommen hatte, sollte es also nun im September wieder losgehen. Ein paar Bedenken hatte ich ja schon, „Was wenn meine Augen zwischendurch müde werden? Ich hatte ja seit April keine acht Stunden

mehr konzentriert vor dem Bildschirm ver-
bracht." Doch meine Sorgen sollten unbegrün-
det sein, ich trat meine Arbeit an, stellte sämtliche Bildschirmlupen und Textzooms wieder auf
das normale Level zurück – „War ich im April
echt so blind?" Ich konnte es kaum glauben, so
hatte ich mich durch die Arbeit gequält? Das
hätte mir selbst doch schon viel früher auffallen
müssen. Aber so wie es nun mal ist, Menschen
neigen dazu Probleme zu verdrängen, zur Seite
zu schieben oder als nicht so wichtig abzutun.
Diese Lehre habe ich für mich gezogen und
achte nun besser auf mich selbst.

Die Arbeit lief gut und ich gewöhnte mich
schnell wieder ein, mit Marius hatte ich abgemacht, dass ich meine weiteren Injektionstermine ambulant wahrnehme und dann einfach
für den Tag der Injektion krank bin. Das sollte
kein Problem sein und ich sollte ja das bestmögliche für meine Gesundheit tun. So ging es nun
also für mich weiter, immer wieder in die Augenklinik, Spritze links, Spritze rechts. Am Folgetag nach Husum zum Augenarzt um dort die
Nachkontrolle zu machen. Meine Sehkraft

verbesserte sich immer weiter, zumindest auf dem linken Auge. Das rechte Auge wollte noch nicht so recht Fortschritte machen. Nach der nächsten Spritzenserie von dreimal links, dreimal rechts wurde ich wieder zur Verlaufskontrolle in die Augenklinik des UKSH einbestellt.

„Diesmal bin ich besser vorbereitet" dachte ich mir und packte mir am Vorabend eine Snackbox, geschnittene Gurke, Paprika, Frischkäse zum Dippen, belegtes Eiweißbrot mit Käse und Wurst, ein paar Salamisticks. Damit schaffe ich den Tag, ohne dass Jürgen mir in den Keller rauscht und ich danach einfach wieder hemmungslos alles in mich hineinstopfe.

Meine Mutter und ich waren, wie immer, pünktlich morgens um 7:30 Uhr zur Anmeldung dort. Nachdem ich meine Nummer gezogen hatte, musste ich kurz warten und wurde dann ins Anmeldezimmer aufgerufen. „Was machen Sie denn schon hier?" fragte mich die freundliche Dame in der Anmeldung. „Ich habe um 8 Uhr einen Termin, deshalb bin ich da!" entgegnete ich ihr. „Bei mir steht 13:30 Uhr im Computer, sie sind viel zu früh! Haben Sie den Termin schriftlich bekommen?" – „Nein, alles per Telefon, ich habe gar nichts schriftlich bekommen". So verließ ich kurz die Anmeldung und ging zur Schwester im Vorunteruchungszimmer „Ich bin schon da, mir wurde 8 Uhr mitgeteilt, in eurem Computer steht aber 13:30 Uhr" sagte ich ihr. Sie unterbrach ihre eigentliche Arbeit und humpelte zum Computer – ich kannte die Schwester bereits aus dem Untergeschoss, wo die Injektionstermine stattfinden. Sie musste irgendeine Beinverletzung haben, sie trug eine Schiene über der Hose und humpelte deshalb. „Stimmt, 13:30 Uhr steht auch in meinem Computer, aber wenn Sie schon einmal da sind, dann können Sie auch bleiben. Dann müssen eben ein paar andere Leute etwas länger warten" antwortete sie mir lächelnd.

Zufrieden ging ich wieder in den großen Warteraum und setzte mich – erstmal einen Kaffee trinken, ich warf also eine Hand voll Kleingeld in den Automaten. Das Gerät fing an zu blubbern und zu pfeifen „Bitte entnehmen Sie den Becher" war auf dem Display zu lesen. Der Warteraum füllte sich langsam mit Leuten, alle hatten irgendwelche Probleme mit ihren Augen, einige akut, andere zu geplant stationären Terminen. So wurde also einer nach dem anderen aufgerufen, dann war es so weit, über den Lautsprecher schallte es in den Warteraum „Herr Weidel zur Voruntersuchung". So marschierte ich aus der Tür um gleich wieder in die nächste einzubiegen. Ich kannte den Ablauf ja schon, kurzer Sehtest, dann Tropfen in die Augen um die Pupillen zu weiten. „Schade, das war es jetzt mit Beschäftigung" dachte ich mir, mit weitgetropften Pupillen kann man nichts mehr am Handy machen, es wird alles unscharf und die Augen sind sehr lichtempfindlich. Also setzte ich mich wieder zu Susanne in den Warteraum und wir unterhielten uns über Gott und die Welt. Dann wieder über den Lautsprecher „Herr Weidel in Kabine 3". Dort wartete bereits der Arzt um sich meine Augen anzuschauen, er leuchtete hinein, schaute mit seinem Vergrößerungsglas auf meine Netzhaut. Schließlich drückte er mir meine Akte in die Hand „Bitte einmal rüber zur Fotoabteilung". „Kein Zugang? Keine Farbstoffuntersuchung?" – „Nein, ist diesmal nicht notwendig, die Durchblutung der Netzhaut ist gut und die Gefäße sind unauffällig". Innerlich machte ich Luftsprünge, auch wenn es nicht weh tut, aber etwas unangenehm ist es schon mit der Farbstoffuntersuchung, schließlich kommt man sich schon ein wenig wie ein Alien vor. Weitgetropfte Pupillen und der Urin färbt sich neongelb, da kommt man sich vor wie von einem anderen Planeten.

So wartete ich also wieder einmal vor der Fotoabteilung, ich war der Erste dort. Nach wenigen Minuten kam schon die Fotografin und nahm mir meine Akte ab, ich wurde hereingebeten. „Heute nur OCT" sagte sie. Ich setzte mich auf den Stuhl vor das Gerät und drückte mein Kinn auf die Stütze. Das Gerät fing wieder an die merkwürdigsten Geräusche von sich zu geben, es klang wie in einem Sciencefiction-Film, Laserstrahlen tasteten meinen Augenhintergrund ab. Nach etwa zehn Minuten war schon alles fertig. „Ich bringe ihre Akte in Kabine 3, dann werden sie aufgerufen" – kannte ich ja schon, Warten war wieder angesagt. Ich stellte mich darauf ein, dass ich nun wieder einige Stunden sitzen müsste, bis ich endlich aufgerufen wurde. Doch es kam alles anders, kaum hingesetzt, wurde ich schon in Kabine 3 gerufen. Der freundliche Arzt und der Oberarzt hatten bereits die Bilder vom OCT ausgewertet. „Das linke Auge sieht soweit gut aus, rechts hat sich eine Narbe direkt auf der Makula gebildet. Das ist nicht so gut, die bekommen wir da höchstwahrscheinlich auch nicht mehr weg. Sie müssen gut auf ihr linkes Auge aufpassen" erklärte mir der Oberarzt, „Wir geben die Hoffnung aber noch nicht auf, wir spritzen rechts nochmal eine 3er-Serie, im Abstand von acht Wochen, Termine bekommen Sie wieder per Post". Ziemlich geknickt verließ ich das Untersuchungszimmer und trottete zu meiner Mutter. „Links sieht ganz gut aus, aber rechts hat sich eine Narbe gebildet – wir machen nochmal eine Spritzenrunde" erzählte ich ihr. Sie versuchte mich etwas aufzubauen: „Immerhin jetzt acht Wochen Abstand, das ist doch schonmal ein großer Erfolg!" Das half mir in dieser Situation aber nur wenig, zu groß war der Dämpfer, dass mein rechtes Auge vielleicht nie wieder wirklich gut werden sollte. Gedacht hatte ich es mir ja schon, aber nun war eben auch die Bestätigung vom Arzt da, dass ich mit meiner Vermutung wohl recht behalten sollte. So endete der Untersuchungstag bereits um kurz nach 10 Uhr und wir fuhren mit meiner ungeöffneten Snackbox wieder nach Hause. Gianna und Amy warteten schon auf mich, beide hatten noch überhaupt nicht mit mir gerechnet, da es bei der letzten Verlaufskontrolle so ewig lang gedauert hat. Langsam meldete sich auch Jürgen, mit der Zeit hatte ich ein Gefühl dafür entwickelt, wann es an der Zeit war etwas zu essen. Ich öffnete also meine Snackbox und nach und nach verschwand der Inhalt in meinem Bauch.

Am nächsten Tag ging ich also wie gewohnt zur Arbeit, arbeitete eine E-Mail nach der anderen ab, schrieb meine Angebote und führte Kundengespräche. In einer kurzen Ruhepause klingelte dann mein Handy „Augenklinik Kiel, wie sieht es bei Ihnen nächsten Freitag aus, passt das mit einem Injektionstermin?" – ich bestätigte den Termin und so wurde es dann auch schon wieder Freitag. Direkt morgens um 8:00 Uhr sollte es wieder losgehen. Für mich keine unbekannte Prozedur mehr, ging ich routiniert zur

Voruntersuchung. Mit dem Gedanken „ist ja nur alle acht Wochen und auch nur das rechte Auge" im Gepäck setzte ich mich auf den Untersuchungsstuhl. Die Ärztin prüfte mein Auge, maß den Augeninnendruck und schaute in die Akte „Heute machen wir rechts, nächste Woche links?" - „Nein, nur rechts, links muss nicht, hat mir der Oberarzt gesagt". „In der Akte steht es anders, ich halte noch mal Rücksprache mit dem Oberarzt". Schon wieder ein Dämpfer, „Doch auch das linke Auge?". „Weil es schon so gut angeschlagen hat, wollen die nun noch das Optimum aus dem Auge rausholen" versuchte meine Mutter mir zu erklären. Geknickt war ich trotzdem, also doch wieder links und rechts.

Zwischenzeitlich hatte ich wieder meinen DMP-Termin bei Herrn Knackmann. Mir wurde wieder Blut abgenommen und am Folgetag war ich dann direkt morgens zum Besprechen der Werte bei ihm im Arztzimmer. „Ihr HbA1c liegt jetzt bei 5,5%" erklärte er mir. 5,5% liegt im normal gesunden Bereich, soviel wusste ich bereits. Ein gut eingestellter T2D sollte einen HbA1c von unter 6,5% haben. „Medikation lassen wir erstmal so" sagte Herr Knackmann. Stolz rief ich auf der Rückfahrt bei Gianna an und erzählte ihr, dass mein HbA1c sich so stark verändert hatte – ich hatte meine Bestätigung, meine Ernährungsumstellung hatte dazu geführt, dass sich mein Wert normalisiert hatte. Nicht nur das, er hatte sich so gut gebessert, dass ich mich im Bereich eines gesunden Menschen bewege. Ich war richtig Stolz auf Jürgen, dass er sich so gut benahm. Nur mit der Aussage, dass wir die Medikation erstmal so lassen, wie sie ist, damit wollte ich mich nicht zufrieden geben. Daher machte ich einen Termin bei Dr. Tommel, immerhin ist er ja der Profi, der Diabetologe mit über 30 Jahren Erfahrung.

Als ich in seine Praxis kam war nicht besonders viel los, nur ein paar Leute standen am Eingangstresen. Darunter eine ältere Frau, sie wollte gerade gehen, da sprach ich sie an „Die Taschenlampe an ihrem Handy ist noch an, ihre Tasche leuchtet" – sie lachte, zog ihr Handy aus der Tasche und entgegnete „Nanu, wie habe ich das denn gemacht? Vielen Dank für den Hinweis". Lachend wünschten wir uns einen schönen Tag und sie verließ die Praxis. Ich setzte mich einen kurzen Augenblick ins Wartezimmer und wurde dann schon nach einer kurzen Weile aufgerufen. Einmal den Blutzucker aus dem Ohrläppchen messen. Ich wusste ja schon, dass Jürgen sich wieder gut benommen hat, schließlich hatte ich ihn vorher im Auto überprüft. Bei 85 lag er da, die Arzthelferin piekste mir ins linke Ohrläppchen, zog den Bluttropfen in ihr Teströhrchen. Nach einem Augenblick kam sie wieder „Ich muss das leider nochmal machen – war nicht genug". „Kein Problem, ich hab ja noch ein zweites Ohr" entgegnete ich ihr. So nahm sie also die Probe aus dem rechten Ohrläppchen und diesmal klappte es „87" berichtete sie mir. Jürgen hatte also bewiesen, dass er auch im Labormessgerät zuverlässig niedrige Werte zeigen kann.

Schließlich bat Dr. Tommel mich in sein Behandlungszimmer, ich setzte mich auf den alten, schon leicht abgewetzten, braunen Lederstuhl. Er stöpselte wieder mein Blutzuckermessgerät an seinen Computer an und fing an die Daten auszulesen. Es zeigte sich eine ziemlich konstant flache Kurve auf seinem Bildschirm „Sie müssen gar nicht so viele Daten sammeln, messen Sie weniger" sagte er mir, „Die Werte sind alle so eng beieinander, es geht ja nicht darum möglichst viele gleichbleibende Daten zu sammeln. Messen Sie ihren Nüchternblutzucker morgens und irgendwann am Tag noch einmal." Meine Medikation passte er nun auch an, ich sollte nun anstatt 2x 1000 Milligramm Metformin nur noch morgens 500 Milligramm und abends 1000 Milligramm nehmen. „Langzeitinsulin passen wir auch an, statt 11 Einheiten, machen Sie jetzt 8" sagte er, „Wenn der Nüchternwert morgens unter 120 mg/dl bleibt, dann können Sie weiter reduzieren". Mit diesem neuen Plan in der Hand verließ ich die Praxis und fing schon abends damit an, dass ich meine Insulindosis reduzierte. Gespannt drückte ich mir nun also acht Einheiten in den Bauch und ging schlafen. Am nächsten Morgen schnappte ich mir direkt mein Messgerät um Jürgen zu überprüfen – ich stellte fest „Keine Änderung, es ist alles gleich geblieben". Auch in den nächsten Tagen juckte es Jürgen überhaupt nicht, dass er nun selbst etwas mehr tun muss und ich seinen Schlüsselbund kleiner gemacht habe. Da stehe ich nun, mit acht Einheiten Insulin, kurz davor weiter zu reduzieren. Im Moment zögere ich noch etwas, möchte Jürgen weiter beobachten, ob er sich weiter so gut verhält. Mich hetzt ja nichts, ob ich nun noch eine Zeit lang Insulin spritze oder nicht, es gehört mittlerweile zu meinem Leben dazu. Jürgen und ich haben uns miteinander angefreundet, ich ärgere ihn nicht mit Kohlenhydraten und er ärgert mich nicht mit Blutzuckerspitzen. Wir verstehen uns und wissen wie der andere tickt.

Im Moment nehme ich an einer Ernährungsschulung teil, diese hat Dr. Tommel mir empfohlen. Da ich mit meiner aktuellen Form in keine der angebotenen Schulungen so wirklich reinpasse. Ich bin weder ICT Patient, noch bin ich insulinfrei. Im schulmedizinischen Sinne bin ich BOT-Patient, der aber auch Insulin spritzt. Da ich auf dem besten Weg bin mein Insulin abzusetzen, haben wir es für das sinnvollste gehalten eine Ernährungsschulung durchzuführen.

Die Schulung findet insgesamt acht Mal statt, jeden Donnerstag für eineinhalb Stunden. Dort sind wir eine Truppe von insgesamt vier Leuten und einer Schulungsleiterin. Wobei Schulung vielleicht auch der falsche Ausdruck dafür ist, es ist vielmehr ein Austausch zwischen uns betroffenen.

Leider ist der Inhalt dieser Austauschrunden für den typischen Klischee-Diabetiker gedacht - übergewichtig, keine Ahnung von Ernährung und faul. Davon haben wir zwei Damen in der Gruppe, Katrin und Ilona. Beide sind stark übergewichtig und ihr größter Sport besteht darin vom Sofa zum Kühlschrank zu laufen und wieder zurück. Beide haben schon seit vielen Jahren T2D und messen ihren Blutzucker nur sehr unregelmäßig oder gar nicht. In meinen Augen ist das ziemlich verantwortungslos, nicht nur sich selbst gegenüber, sondern auch der Familie gegenüber. Schließlich sind sie es, die sich später mit Folgeerkrankungen rumschlagen müssen. So erzählen die beiden während der Schulung munter drauf los, was sie so essen und wie sie sich den Tag über bewegen. Ich habe den Eindruck, dass beide sich noch nie wirklich mit der Erkrankung auseinandergesetzt haben und der langläufigen Meinung folgen „Zucker reduzieren und alles ist gut". Das auch aus Kohlenhydraten, die in Kartoffeln, Nudeln und vielen anderen Dingen stecken, Zucker gebildet wird, davon haben die beiden noch nie gehört. So gehört Pasta zum Lieblingsgericht von Katrin und Ilona schwärmt für Süßigkeiten. In der Schulung wird zur Zeit das Hauptaugenmerk darauf gelegt, dass man die Kalorien reduziert und abnimmt – da kann ich mit meinen 80 Kilogramm bei 1,83 Meter Körpergröße aber ziemlich wenig mit anfangen. Wenn ich mein Körpergewicht reduziere, dann schwebe ich wie eine Feder im Wind. Die alten Diabetesschulungen sind ja leider darauf ausgelegt, dass ein vermindertes Körpergewicht auch gleichzeitig die Insulinresistenz verbessert. Aber sind wir Mal ehrlich – was ist die Erwartungshaltung solcher Leute? Ich nehme 30 Kilogramm ab und kann dann wieder essen was ich möchte? Leider ist das nur ein Teil der Wahrheit, denn auch übergewichtige Menschen müssen auf die Zufuhr von Kohlenhydraten achten, ansonsten befeuern sie ihre Zellen immer weiter mit, in der Bauchspeicheldrüse produziertem, Insulin. Die Folge daraus ist, dass die Bauchspeicheldrüse immer mehr und mehr Insulin produziert und die Zellen irgendwann einfach erschöpft sind. Dann dreht sich die Spirale weiter und der Blutzucker steigt stetig an. Nach einer Zeit stellt die Bauchspeicheldrüse dann die Produktion komplett ein und die Betroffenen fangen an Insulin in den höchsten Dosen zu spritzen. Das gilt es doch zu vermeiden, der Grundansatz muss doch schon bei den Kohlenhydraten liegen.

Ilona hat beim letzten Treffen erzählt, dass sie sich nun eine Strategie überlegt hat, wie sie ihren Süßigkeitenkonsum einschränkt. Beim Einkaufen kann sie nur schwer an den ganzen Aufstellern vorbeilaufen und so landen Schokoriegel und Gummibärchen oft in ihrem Einkaufswagen. Um sich selbst zu schützen und den Zuckerkonsum zumindest ein wenig einzuschränken, lässt sie die Süßigkeiten im Auto liegen. So ist sie dazu gezwungen von der Wohnung zum Auto zu laufen und sich dann dort ihren Snack zu holen. Oftmals klappt es, da sie sich selbst aus faul beschreibt. Eine andere Erzählung von ihr machte mich wirklich fassungslos, wie kann man so leichtfertig mit seiner Gesundheit umgehen. Sie berichtete „Ich war gestern eineinhalb Stunden schwimmen und danach war mein Blutzucker bei 167, wie kann das denn sein? Ich dachte Bewegung bringt den Zucker runter?". Was sie zunächst verschwieg, war die Tatsache, dass sie vor dem Schwimmen zwei Brote mit Nutella gegessen hat. „Wie hoch wohl ihr Blutzucker vor dem Schwimmen war?" dachte ich mir, sagte aber lieber nichts. Die Frage konnte sie sich selbst nämlich auch nicht beantworten, weil sie zu denjenigen gehört, die ihren Blutzucker in den unregelmäßigsten Abständen messen. Mal einmal die Woche, mal einmal im Monat und oftmals einfach gar nicht.

Katrin ist eher der Typ, die ihren Blutzucker überhaupt nicht misst Schließlich sind die Teststreifen für das Messgerät ja teuer und so lässt man sie lieber im Schrank versauern, als dass man sie benutzt. Geld für die Gesundheit ausgeben ist ja auch schwierig, da investiert man lieber in Schokolade und Chips.

Dann gibt es noch Manuel, er ist ein schlanker Typ, von der Figur her so wie ich. Bei ihm wurde der Diabetes zufällig bei einer

Routineuntersuchung beim Arzt festgestellt. Blutzucker 400 hatten sie da festgestellt. Leider hat auch er überhaupt nicht verstanden, dass es darauf ankommt, dass man die Kohlenhydrate reduziert. So trinkt er abends gern seine zwei Flaschen Bier und isst Pommes oder Kroketten dazu.

Somit habe ich es mir nun selbst zum Ziel gesetzt den Schulungsinhalt dahin zu lenken, dass wir auch mal über Kohlenhydrate sprechen und nicht nur darüber wie man langfristig sein Gewicht reduziert.

Kapitel 3

Herausforderungen im Alltag

Die wohl größte Herausforderung im Alltag stellt einfach die Unwissenheit über die Krankheit dar. Kaum ein nicht Betroffener weiß überhaupt genau was Diabetes heißt, wo es herkommt, was mit einem passiert und warum man vielleicht so handelt, wie man handelt. Auch für mich, als ich die Diagnose erhielt, gab es viele offene Fragen, eine Anlaufstelle für meine Fragen hatte ich nicht. Ich musste mir alles selbst aneignen.

Schnell ist man mit Vorurteilen konfrontiert „Das kommt, weil Du zu viel Zucker gegessen hast!" oder was bestimmt auch jeder schon einmal gehört oder vielleicht sogar selbst gesagt hat „Das ist Diabetes pur", wenn mal ein sehr süßes Getränk oder ein sehr süßer Kuchen angeboten wird. Leider handelt es sich dabei um aufgeschnappte Floskeln, die wenig mit der Realität zu tun haben. Da ich von Typ 2 betroffen bin, werde ich auch nur auf Typ 2 eingehen, Typ 1

Diabetiker haben nochmal ein ganz anderes Schicksal und müssen anders mit ihrer Erkrankung umgehen.

Oft ist es leider so, dass einem selbst die Schuld an der eigenen Erkrankung gegeben wird, weil man sich in seiner Vergangenheit vielleicht nicht optimal ernährt hat oder nicht so viel Sport getrieben hat. Den Faktor Genetik lassen leider viele außen vor – würdet ihr einem krebskranken auch sagen, dass er selbst an seiner Erkrankung schuld ist? Ich denke nicht! Da wird dann doch eher viel über erbliche Vorbelastung gesprochen und der Respekt vor der Erkrankung ist zu groß als dass man den Betroffenen noch mit Vorwürfen belasten möchte. Wenn es wirklich nur an der Ernährung oder an der fehlenden Bewegung liegen würde, hätte dann nicht jeder Übergewichtige Diabetes? Wenn es nur an der Ernährung liegen würde, hätte dann nicht jeder sozial Schwache Diabetes? Schließlich haben diese Menschen oftmals nicht die ausreichenden finanziellen Mittel um sich ausgewogen und gesund zu ernähren und so gibt es in diesen Haushalten oftmals Fertigprodukte, die günstig sind und satt machen. In asiatischen Ländern gehört Reis zu einem der Hauptnahrungsmittel, ein kohlenhydratreiches Lebensmittel, auch dort ist der Großteil der Bevölkerung nicht von Diabetes betroffen. Daher sind nicht alle Diabetiker immer gleich in die Schublade zu stecken, dass sie selbst an ihrer Erkrankung schuld sind. Sicher spielt auch eine falsche Ernährung und mangelnde Bewegung eine große Rolle, aber erbliche Vorbelastung darf nicht außer Acht gelassen werden. Diese Vorurteile haben sich durch Unwissenheit der Menschen gebildet, es findet zu wenig Aufklärung statt, oft merkt man es den Betroffenen nicht an, da man sich ja selbst therapieren kann und muss. Keine andere Erkrankung wird vom Betroffenen selbst so sehr kontrolliert und therapiert wie Diabetes. Die Arztbesuche bilden eigentlich nur eine Art Erfolgskontrolle – „Habe ich alles richtig gemacht mit mir selbst?". Erst bei Folgeerkrankungen zeigt sich das Gesicht vom Diabetes, Augenschädigungen, Fußprobleme, Nierenschäden. Erst dann wird Diabetes von Außenstehenden als wirkliche Erkrankung wahrgenommen.

Die Unwissenheit über Diabetes zieht sich auch durch meine Familie, zunächst war ich selbst ja total unwissend. Auch im Krankenhaus wurde mir zwar gesagt „Sie haben Diabetes", aber was das wirklich bedeutet, das wurde mir nicht erklärt. Das musste ich mir selbst erlesen und erarbeiten. Zunächst war mir der Unterschied zwischen Typ 1 und Typ 2 überhaupt nicht klar. Was ist eine Insulinresistenz? Was macht überhaupt Insulin und warum ist es so wichtig? Auf was muss ich alles achten? Reicht es den zugesetzten Zucker zu reduzieren? Ziemlich blauäugig ging ich damals an die Sache ran und verließ mich auf mein Bauchgefühl und die erstbesten Google-Ergebnisse. Ständig tippte ich ins Handy „Dinkel Diabetes", „Banane Diabetes", „Kartoffel Diabetes" und so weiter, um herauszufinden, ob ein Produkt oder eine Zutat für mich geeignet wäre. Leider fällt man bei den Suchergebnissen oftmals darauf herein, da auf entsprechenden Seiten dann die Kohlenhydrateinheiten oder Broteinheiten mit aufgelistet sind. Nach diesen Einheiten können insulinpflichtige Diabetiker dann berechnen, wie viel Insulin gespritzt werden muss. Das war mir zu diesem Zeitpunkt aber auch noch nicht klar.

Um es meiner Familie so leicht wie möglich zu machen, versuche ich hier Aufklärungsarbeit zu leisten. Dies ist natürlich nicht immer einfach und auch oft geprägt von „Du beschäftigst dich mit nichts anderem mehr", sicher ist es eine ganze Zeit lang so, dass das Thema Diabetes eine zentrale Rolle spielt, schließlich möchte ich mit der Erkrankung so alt wie möglich werden und keine weiteren Folgeerkrankungen davon tragen. Daher setze ich mich sehr stark mit dem Thema auseinander und versuche mich selbst so umfassend wie möglich zu informieren. Eine zentrale Rolle dieser Informationssuche beinhaltet natürlich das Thema Ernährung, daher kann man schon sagen, dass Ernährung mein neues Hobby geworden ist. Ich kenne mich bestens aus mit Kohlenhydraten, verschiedensten Inhaltsstoffen von Lebensmitteln und weiß genau welche Dinge ich essen kann und bei welchen ich es lieber sein lasse. Denn grundsätzlich gilt immer „Als Diabetiker kann ich alles essen", es kommt nur eben auf die Menge an. Wenn ich ein kleines Stück Banane essen würde, dann würde Jürgen nicht durch die Decke gehen, esse ich eine ganze Banane, dann würde er es mir wohl mit einer sehr hohen Spitze danken. Für mich selbst habe ich ein paar Grenzen gesetzt was die Ernährung angeht. Ich habe sehr kohlenhydrathaltige Lebensmittel von meinem Speiseplan gestrichen, das führt dann auch dazu, dass ich mein Essen im Restaurant umbestelle, anstatt Kartoffelbeilage nehme ich einen Salat, gebratenes oder gegrilltes Gemüse. Das klappt eigentlich ziemlich gut, ohne dass man erklären muss warum und wieso man die Kartoffelbeilage nicht haben möchte. Etwas schade ist es, dass ich keine Pizza mehr essen kann. Früher habe ich für mein Leben gern Pizza gegessen. Das darin enthaltene Weizenmehl sorgt allerdings dafür, dass Jürgen sich so getriggert fühlen würde, dass der Blutzucker rapide stark ansteigt. An einer Lösung für dieses Problem experimentiere ich noch. Mandelmehl bildet eine ganz gute Alternative zu normalem Weißmehl, ist aber schon ziemlich gewöhnungsbedürftig und der Teig wird sehr schnell sehr trocken. Daher bin ich hier noch in der Findungsphase.

Eine weitere Herausforderung stellt wohl die Medikation dar. So bin ich aktuell auf zwei verschiedene Tablettenformen und Insulin eingestellt. Die Tabletten, Sitagliptin, ein Mittel das die Insulinfreisetzung in der Bauchspeicheldrüse anregt und Metformin, dessen Wirkstoff die Glukoseproduktion in der Leber hemmt, so dass weniger Glukose ins Blut ausgeschüttet wird. Leider schlagen diese beiden Mittel auf den Verdauungstrakt, so dass ich am Anfang ziemliche Probleme mit Durchfällen hatte. Dies äußerte sich vor allem nachts, da drehte mein Bauch oftmals durch und es kam zu sehr brenzligen Situationen. Zu Beginn mochte ich gar nicht in meiner gewohnten Schlafkleidung ins Bett gehen und trug sicherheitshalber eine kurze Hose oder eine Jogginghose über meiner Boxershorts. Zusätzlich legte ich ein Handtuch unter meinen Hintern. Falls etwas daneben gehen sollte, dann bitte nicht direkt ins Bett. Eine zusätzliche Belastung, stellten unglaublich stinkende Power-Fürze dar, Gianna drohte schon mich rauszuschmeißen, ich konnte aber nichts dafür, durch die Medikamente ändert sich die komplette Darmflora. Es war wirklich super unangenehm, selbst Amy hat sich unter dem Bett verkrochen. Glücklicherweise haben sich diese Beschwerden zum größten Teil gelegt und es kommt nur noch von Zeit zu Zeit vor, dass ich Gianna mit meinem Gestank belästigen muss. Diese Tabletten nehme ich morgens und abends, sollte ich die Einnahme vergessen, wird sich das unweigerlich auf Jürgen auswirken, er wird sich direkt wieder getriggert fühlen.

Abends spritze ich mir dann mein Langzeitinsulin, immer nach demselben Schema, Kappe ab, Nadel drauf, dreimal gegenklopfen und zwei Einheiten ins Nirvana spritzen. So ist sichergestellt, dass ich mir keine Luft mit ins Bauchfett spritze. Dann kneife ich mir eine Hautfalte am Bauch zurecht und steche die Nadel hinein. Kurz den Auslöser drücken und zehn Sekunden warten. So verteilt sich das Insulin gleichmäßig im Bauchfett.

Das Insulin muss zwingend immer zur selben Zeit gespritzt werden, das Zeitfenster beträgt plus minus drei Stunden. Außerhalb dieses Zeitfensters kann es dazu führen, dass entweder zu viel oder zu wenig Insulin im Körper ist.

Hinzu kommt dann noch das ständige und regelmäße Messen des Blutzuckers, da ich bereits eine Augenerkrankung habe, möchte ich Jürgen so wenig wie möglich triggern und ihn ständig überwachen. Das ist manchmal gar nicht so leicht, ich hatte schon einige Male die Situation, dass es mir unangenehm war. Die Leute fangen doch an zu gucken, was man da gerade macht. Die Stechhilfe wird geladen, dann das Messgerät ausgepackt, Sensorstreifen eingelegt. Das Gerät piepst einmal laut, um die Messbereitschaft zu signalisieren. Schon allein dieses Piepen lenkt die Aufmerksamkeit neugieriger Personen auf einen. Wenn man dann noch die Stechhilfe ansetzt um sich den Bluttropfen aus dem Finger zu drücken, spätestens dann fühlen sich einige Leute peinlich berührt und gucken einen verschämt an. Schließlich geht es ja um Blut, wenn auch nur eine winzige Menge, aber man fühlt sich direkt stigmatisiert. Andauernd muss man sich selbst disziplinieren, dass man seinen Blutzucker regelmäßig überwacht. Schließlich kann es ja auch gut möglich sein, dass Jürgen sich aus irgendwelchen Gründen dazu entschieden hat stark zu steigen. Das kann eine stressige Situation sein, eine Situation über die man sich ärgert, ein leichtes Krankheitsgefühl oder auch einfach nur ein schlechter Schlaf.

Eine besondere Situation ist mir im Gedächtnis geblieben. Giannas Sohn, Jannik, hatte bald Geburtstag und so fuhr ich mit seinem Schwiegervater in spe, Thomas, los. Wir wollten eine Gartenbank abholen, die wir individuell für ihn haben anfertigen lassen. Thomas und ich kannte uns bisher eher flüchtig, von ein paar vorherigen Familientreffen. Auch dort verstanden wir uns schon ziemlich gut. Somit war es überhaupt kein Problem, dass wir beide allein mit dem Auto losfuhren um die Bank zu holen. Thomas war sehr neugierig was meine Erkrankung angeht, schließlich hatte er auch keine so richtige Ahnung davon. Aber als er im April davon hörte, machte er direkt einen Termin zur Blutkontrolle bei seinem Arzt, denn auch in seiner Familie gab es schon Diabetes. Daher war er doch einigermaßen besorgt, ob er vielleicht auch davon betroffen sein könnte.

Wir fuhren also mit dem Wagen Richtung Flensburg, unterhielten uns über Gott und die Welt.

Wir hatten für später schon abgemacht, dass er mit seiner Freundin bei uns zuhause vorbeikommt. Wir wollten einfach mal schnacken, ohne dass die Kinder dabei sind. Stolz erzählte er „Ich habe noch einen Kuchen gebacken, den bringe ich mit!". Etwas geknickt dachte ich mir „Schade, wieder kein Kuchen für mich", ließ mir aber nichts anmerken. Wir redeten noch eine ganze Weile und Thomas fragte mich „Machst Du heute eine Ausnahme? Probierst du meinen Kuchen?" – „ich schüttelte den Kopf. Sorry Thomas, da kann ich keine Ausnahme machen, meine Krankheit macht auch keine Ausnahme". Er verstand es nicht so richtig, also versuchte ich es so bildlich wie möglich zu erklären: „Wenn Du dir das Bein gebrochen hast, dann nimmst du am Freitag auch nicht den Gips ab, um dann Fußball spielen zu gehen und machst ihn danach wieder dran, oder?" – das war eine Erklärung, die er verstand. „Klingt einleuchtend, von der Seite habe ich es noch nicht betrachtet".

Wir trafen uns also gegen späten Nachmittag bei uns im Garten, Thomas hatte seine Freundin und den selbstgebackenen Kuchen im Gepäck.

Wir saßen wirklich lange zusammen, lachten sehr viel und verstanden uns super. Zwischendurch klingelte meine Erinnerungsfunktion auf dem Smartphone, ich musste Jürgen einmal kontrollieren. Ich zog also mein Messgerät aus dem von mir so benannten „Überlebensbeutel" – eine kleine Umhängetasche in der ich meine ganzen Diabetes-Sachen aufbewahre und überall mit mir hinschleppe. Messgerät, Lanzetten für die Stechhilfe, Sensorstreifen, Insulinpen, Nadeln, sterile Tupfer, alles in dieser kleinen Tasche untergebracht. Vor Thomas und seiner Freundin hatte ich keine Scham meinen Blutzucker zu messen, schließlich waren die beiden ja sehr interessiert.

Jürgen benahm sich an diesem Nachmittag wieder hervorragend und so konnten wir unbeschwert den Tag ausklingen lassen, bis wir später ins Bett gingen.

Der Geburtstag von Jannik rückte immer näher, schließlich bekamen wir die Einladung und da auch er von meiner Erkrankung wusste, wollte er nichts falsch machen, er wollte auch für mich einen schönen Tag, ohne Einschränkungen ermöglichen. Daher rief er an und fragte: „Was ist denn das Beste für Basti? Wollen wir Pizza auf dem Grill machen? Burger braten? Oder klassisch Grillen?". Gianna überlegte einen Moment am Telefon und bat Jannik einen Augenblick zu warten. Sie drehte sich zu mir und gab die Frage an mich weiter – „klassisches Grillen wäre für mich am besten". So wurde es dann auch beschlossen. Mit einem sehr guten Gefühl im Bauch, glücklich über die Nachfrage von Jannik, trafen wir uns dann also zum Grillen bei Jannik und seiner Freundin im Garten.

Die beiden hatten es wirklich schön hergerichtet, viele verschiedene Salate, darunter auch ein gemischter Salat ohne große Kohlenhydratbelastung. So konnte ich also tatsächlich einen wunderschönen Tag dort verbringen und mir ohne schlechtes Gewissen den Bauch vollschlagen. Dieser Tag stellte für mich einen ganz besonderen Tag dar. Trotz dessen, dass es Janniks Geburtstag war, machte er sich Gedanken um mich und meine Gesundheit. Er wollte, dass ich mich wohlfühle und hat seine eigenen Wünsche und Belange nach hinten gestellt, nur damit ich uneingeschränkt und ohne Sonderbehandlung an seinem Geburtstag teilnehmen konnte. Diese Reaktion von ihm habe ich als große Wertschätzung empfunden und bin sehr dankbar dafür.

Dieser Tag ließ mich meine Erkrankung ein Stück weit vergessen oder zumindest rückte sie in den Hintergrund. War einfach nicht wichtig, es drehte sich nicht darum wie Jürgen sich wohl benehmen würde – ich wusste er würde sich im Zaum halten, schließlich gab ich ihm keinen Anlass um anders zu reagieren.

Auf der Arbeit entschied ich mich dazu, ganz offen mit meiner Erkrankung umzugehen. Jeder sollte ruhig davon wissen und wer fragt, der bekommt ehrliche Antworten. Meine Gedanken dazu waren „Wenn ich offen damit umgehe, dann wird mir Verständnis entgegengebracht und sollte etwas passieren, dann kann man mir helfen".

Also verfasste ich eine E-Mail an meine Teamkollegen, in der ich über Jürgen berichtete. Wer er ist, was er macht und was zu tun ist, wenn er sich nicht benimmt und ich mir aus irgendwelchen Gründen vielleicht nicht mehr selbst helfen kann. Für diese E-Mail waren meine Kollegen sehr dankbar, sie verstanden nun was los ist, einige stellten mir Fragen zum Thema Blutzucker, wie es funktioniert, was man beachten muss.

In der Mittagspause fahre ich immer nach Hause, dort hat Gianna dann schon das Mittagessen fertig zubereitet, so dass mein Stoffwechsel nicht durcheinander gerät. Das ist mir wirklich eine große Hilfe, zum Mittag hin ist Jürgen meist schon auf deutlich unter 95 mg/dl abgesackt, manchmal auch noch etwas weiter unten. Daher ist es für mich einfach wichtig, dass ich zum Mittag hin schon wieder eine Mahlzeit habe.

Diabetes ist mehr als nur eine medizinische Diagnose - es ist eine ständige Herausforderung, die das tägliche Leben prägt. Man wird ständig daran erinnert, kann es nicht schleifen lassen, muss sich ständig um sich selbst kümmern. Als ich die Diagnose erhielt, war ich von Unwissenheit umgeben – nicht nur über die Krankheit selbst, sondern auch über die Vorurteile, die damit einher gehen. Viele Menschen glauben, dass Diabetes nur das Ergebnis von ungesunder Ernährung oder Bewegungsmangel ist, ohne die genetischen Faktoren zu berücksichtigen. Diese Missverständnisse führen oft dazu, dass die Erkrankten sich schuldig fühlen, was die Akzeptanz der Erkrankung erschwert. Ich habe gelernt, dass es entscheidend ist, sich selbst zu informieren und Aufklärungsarbeit zu leisten, nicht nur für mich, sondern auch für meine Familie und Freunde. Die Unterstützung, die ich von ihnen erhalte, ist unbezahlbar und hilft mir, ein erfülltes Leben zu führen, trotz der Herausforderungen, die Diabetes mit sich bringt.

Die Medikation und das ständige Blutzuckermessen sind Teil meines Alltags geworden, und ich habe Strategien entwickelt, um damit umzugehen. Es ist nicht immer einfach, aber ich habe gelernt, meine Ernährung anzupassen und bewusste Entscheidungen zu treffen, um meine Gesundheit zu erhalten.

Trotz der Schwierigkeiten gibt es auch positive Momente, wie die Rücksichtnahme meiner Freunde und Familie, die mir helfen, mich in sozialen Situationen wohlzufühlen. Diese Unterstützung gibt mir das Gefühl, nicht allein zu sein und motiviert mich, weiterhin aktiv und informiert zu bleiben. Letztendlich ist Diabetes ein Teil meines Lebens, aber er definiert mich nicht. Ich strebe danach, ein gesundes und glückliches Leben zu führen, und ich bin entschlossen, die Kontrolle über meine Gesundheit zu behalten.

Kapitel 4

Die Auswirkungen auf mein Leben

Meine Diabeteserkrankung wirkte sich auf unterschiedlichste Art und Weise auf mein Leben aus. Wenn Jürgen stark angestiegen ist, dann werde ich unheimlich müde – ein Symptom des gestörten Energiestoffwechsels. Für viele ist es unvorstellbar, dass bereits vier kleine Kartoffeln dazu führen, dass Jürgen sich davon stark getriggert fühlt und rasant ansteigt. An solchen Tagen kann ich mich nur schwer konzentrieren, egal wie viel ich geschlafen habe. Diese andauernde Müdigkeit führt dazu, dass auch meine sozialen Interaktionen und meine Fähigkeit Aktivitäten zu genießen stark eingeschränkt sind. Daher vermeide ich es unbedingt Jürgen zu triggern, ich erlebe den Tag viel zu gerne, möchte aktiv sein und nicht nur im Bett liegen und darauf warten, dass er sich wieder beruhigt. Im Gegensatz dazu werde ich übertrieben albern, wenn mein Blutzucker stark abfällt, einmal gab es eine Situation mit Gianna beim Einkaufen. Ohne es zu bemerken fiel Jürgen weit ab und ich alberte im Geschäft herum, wirkte übertrieben lustig. Gianna fiel es direkt auf und da wir beide die Situation noch nicht kannten, haben wir nicht darüber nachgedacht, dass es eventuell mit Jürgen zusammenhängen könnte. Etwas später im Auto habe ich dann meinen Blutzucker gemessen und stellte dabei mit Erschrecken fest, dass dieser schon ziemlich weit gesunken war. Schnell warf ich zwei Stücke Traubenzucker ein um nicht noch weiter abzusacken. Etwa eine viertel Stunde später normalisierte sich mein Wesen und Jürgen und ich waren wieder Freunde.

Meine Augenerkrankung machte mir wirklich große Angst, ich hatte unheimliche Sorgen, dass es vielleicht einfach so bleibt und ich nie wieder richtig sehen kann. Die Vorstellung, das ich eines Tages vielleicht gar nicht mehr so sehen könnte wie früher, bereitete mir große Sorgen. Meine Gedanken fingen an zu kreisen: „Was wenn es irgendwann einfach dunkel wird und dunkel bleibt? Wie ist es Blindenschrift zu lernen? Werde ich einen Blindenstock brauchen? Als was kann ich dann arbeiten?" Ich versuchte diese Gedanken zu blockieren, sie sollten meine bisher positive Art nicht beeinflussen. Meistens gelang es mir, doch von Zeit zu Zeit übermannten mich die Gedanken wieder und ich grübelte wieder darüber nach.

In diesen dunklen Momenten lernte ich, die kleinen Dinge im Leben zu schätzen.

Ich begann meine Umgebung bewusster wahrzunehmen. Die Farben der Natur, das Lächeln meiner Frau oder das Lachen von fremden Personen – all diese Dinge wurden für mich wertvoller. Ich wollte nicht zulassen, dass meine Augenerkrankung meine Lebensqualität mindert oder gar mein Leben dominiert. Stattdessen fand ich Wege mich anzupassen. Ich lernte mit Hilfsmitteln umzugehen, die meine Sehkraft unterstützen und diese ohne Scham auch in der Öffentlichkeit zu benutzen. Wenn mir zum Beispiel Texte auf Verpackungen zu klein sind, dann verwende ich die Lupenfunktion in meinem Smartphone. Mir ist es mittlerweile egal geworden, ob Leute vielleicht komisch gucken oder hinter meinem Rücken tuscheln. Das sind Leute, die nicht hinterfragen, warum ich es mache.

Was wäre, wenn ich kein Auto mehr fahren kann? Schließlich möchte ich mir im neuen Jahr meinen Traum erfüllen – ein Ford Mustang soll es werden. Werde ich es schaffen mir diesen Traum zu erfüllen? Mit dem festen Willen dieses Auto zu besitzen und zu fahren, fasste ich Vertrauen in die Ärzte und die Medizin.

Die emotionale Belastung die mit diesen Gedanken einhergeht ist nicht zu unterschätzen. Leider bin ich der Typ, der versucht viel mit sich selbst auszumachen, schließlich möchte ich meine Mitmenschen nicht mit meinen Sorgen, Problemen und Gedanken belasten, haben sie doch alle selbst ihr Päckchen zu tragen. Aber ich kann euch eins sagen: „Angst ist ein häufiger Begleiter, die Angst die Kontrolle über den eigenen Körper zu verlieren, nicht mehr sehen zu können".

Die sozialen Auswirkungen der Diabeteserkrankung habe ich nach hinten geschoben, ich wollte mein Leben nicht vom Diabetes bestimmen lassen. Wollte mich nicht abgrenzen und meine Erkrankung schon gar nicht in den Mittelpunkt meines Lebens stellen.

Einladungen zu Partys nahm ich trotzdem wahr, wenn auch ohne Alkohol und mit eingeschränktem Speiseplan. Ich pickte mir dann eben die Dinge heraus, die ich essen konnte. So waren wir im Sommer zu einer Einweihungsfeier eingeladen, ich hatte vorher darum gebeten, dass mir die Gastgeber vielleicht etwas zuckerfreie Cola besorgen könnten, ansonsten hätte ich eben nur Wasser getrunken. Das war aber überhaupt kein Problem – ich hatte einen ganzen Sixpack Cola Zero für mich allein! Auch beim Essen kam ich nicht zu kurz, es gab gegrilltes, so konnte ich mich also problemlos zu den anderen gesellen, meine Bratwurst essen und den ganzen Abend lang quatschen. Meinen Insulinpen nahm ich einfach mit und zu meiner gewohnten Zeit, als meine Erinnerung im Smartphone klingelte, suchte ich mir eine ruhige Ecke und drückte mir das Insulin in den Bauch. Mittlerweile war ich so routiniert darin, dass es niemand mitbekam, war ich doch nur etwa drei Minuten mit mir selbst beschäftigt. Ich kann euch wirklich sagen: „Es ist spannend so eine Party aus einer anderen Perspektive zu betrachten", früher feierte ich mit, trank Alkohol und wurde mit jedem Bier ein bisschen lustiger. Es ist wichtig für sich selbst festzustellen, dass Feiern und Spaß haben nicht immer mit dem Genuss von Alkohol verbunden sein muss. Tatsächlich gibt es viele Möglichkeiten Spaß zu haben und gleichzeitig die eigene Gesundheit im Blick zu behalten. Meine Entscheidung keinen Alkohol mehr zu trinken, habe ich bewusst getroffen. Einigen Gästen erklärte ich warum ich diese Entscheidung getroffen habe und meine Gründe waren nachvollziehbar, trafen auf große Akzeptanz. Wichtig war eine klare Kommunikation, ohne das Gefühl, dass ich mich dafür rechtfertigen müsste – schließlich tat ich ja nichts verbotenes, sondern achtete vielmehr auf mein Wohlbefinden. Viel wichtiger als das nette Bier zusammen sind die guten Gespräche, die man mit Freunden und Bekannten führen kann. Die Erinnerungen daran bleiben und deshalb ist es für mich wichtig, dass ich mich nicht ausgrenze.

Etwas später im Jahr wollten wir zum „großen Sommerfest" einer Zoohandlung in Schleswig. Das Event war über Instagram angekündigt worden, „Es gibt Waffeln, alkoholfreie Getränke und verschiedene Verkaufs- und Spendenaktionen zugunsten des Tierheims" las Gianna mir vor. So fassten wir also den Plan, dass wir dort einmal vorbeischauen wollten, etwas Schönes für Amy kaufen, Gianna wollte gern eine Waffel essen und auch gleich noch etwas für das Tierheim spenden.

Gianna war schon lange daran interessiert mal ein E-Bike auszuprobieren, hatte aber bisher immer etwas Angst davor, schließlich fahren die Räder ja ziemlich schnell und sie wusste auch nicht wie so ein Bike funktioniert. Jannik und seine Freundin hatten selbst eines und so kam Gianna auf die Idee: „Ich rufe nochmal eben bei Jannik an und frage nach, ob ich das Rad doch mal ausprobieren kann". So telefonierten die beiden also, Gianna erzählte beiläufig, dass wir noch zur Zoohandlung wollten. Jannik und seine Freundin haben eine Katze und so verabredeten wir uns vor dem Geschäft, Gianna wollte doch gern das Rad ausprobieren. Nach einigen Runden um den Laden war die Entscheidung gefallen, „Ich möchte ein E-Bike haben, das macht so unglaublich viel Spaß". Ich fing also an am nächsten Tag nach einem geeigneten Rad zu suchen. Ein gebrauchtes E-Bike sollte es erstmal werden, verbessern kann man sich ja immer. Da ich mittlerweile nicht mehr lange schlafen konnte, durchsuchte ich bereits am Sonntagmorgen um 6 Uhr die Kleinanzeigen. Ich fand ein Rad, nicht weit von uns entfernt und preislich total im Rahmen. Wir fuhren gegen Mittag los um eine Probefahrt zu unternehmen, Gianna hatte den festen Willen das Rad zu kaufen, sollte es sich als gut erweisen.

Wir trafen uns also mit den Besitzern, Gianna fuhr eine kleine Runde um den Block „Das muss es sein, das Rad ist perfekt!" Der Kauf war besiegelt und das Rad landete in unserem Auto und wir fuhren nach Hause. In den folgenden Tagen war Gianna viel mit dem Rad unterwegs und erkundete die Gegend, schließlich boten sich auf einmal ganz neue Perspektiven. Die Umgebung konnte erkundet werden, ohne dass eine Fensterscheibe des Autos den Blick trübte, ohne dass das Auto zu hastig an der Schönheit der Umgebung vorbeiraste. „Du brauchst auch unbedingt ein E-Bike" forderte Gianna von mir.

Noch zögerlich winkte ich erst einmal ab „Ja, vielleicht im Frühjahr". Nach nicht einmal einer Woche hatte sie mich so weit, wir fuhren in den Fahrradladen, ich wollte mir dann doch mal ein paar Räder angucken, Bewegung senkt ja den Blutzucker und für die Fitness ist es auch gut. Nachdem ich ein paar Runden durch den Laden gedreht hatte, kam der Verkäufer auf mich zu „Hey, kann ich helfen?" – „Ich suche eine E-Bike, möchte mir eins über meinen Arbeitgeber leasen". Der Verkäufer zeigte mir einige Räder, erklärte viel technisches Zeug dazu, ich versuchte aufmerksam zu folgen. Schließlich hatten wir die Rahmenbedingungen geklärt, welche Ansprüche ich an das Rad hatte – es sollte eine Mischung aus Sportlichkeit und Komfort bieten, gleichzeitig aber auch noch gut aussehen. Daher kam ein Trekkingrad in mattgrau in Frage. Ich schwang mich auf das Rad um eine Probefahrt zu unternehmen, hatte schon ganz vergessen wie viel Spaß es macht. So war die Entscheidung schnell gefällt „Das soll es sein, gefällt mir, bringt Bock!". Ich wollte mir auch gleich noch etwas Zubehör mitnehmen, natürlich zur Sicherheit einen Helm. Wir streiften durch den

Laden und schauten uns verschiedene Modell an, der Verkäufer gab mir ein graues Modell, ich setzte den Helm auf und betrachtete mich im Spiegel „Da sehe ich mit aus wie Tony Hawk!" – er lachte sich kringelig und gab mir einen anderen Helm, ich probierte ihn wieder „Da sehe ich mit aus, wie einer der so eine Lederkappe trägt, falls er irgendwo mit dem Kopf anschlägt", mit meiner gewohnt lustigen Art brachte ich ihn noch mehr zum Lachen. Wir rissen weiter unsere Sprüche und Witze, „ihr macht mich echt fertig" prustete er. Nach einer gefühlten Ewigkeit hatten wir dann endlich alles an Zubehör zusammen, der Leasingvertrag war abgeschlossen und Gianna und ich verließen den Laden.

Wenige Tage später konnte ich das Rad dann abholen, Gianna fuhr mich mit dem Auto zum Fahrradladen und ich fuhr mit dem Rad wieder nach Hause. An einer viel befahrenen Straße musste ich an einer roten Ampel auf dem Radweg anhalten, neben mir stand ein Mofaroller auf der Straße. Als die Ampel grün wurde trat ich in die Pedale und feierte mich selbst, dass ich den Roller abgezogen habe. Ich fuhr ihm einfach davon, ich war wirklich beeindruckt wie schnell man mit dem Rad auf Tempo kommt.

Die nächsten Tage fuhr ich also immer mit dem Rad zur Arbeit - morgens hin, Mittags zur Pause nach Hause, dann wieder zur Arbeit und Abends wieder nach Hause. Jürgen zeigte sich begeistert von der neuen Bewegung und stieg nur noch selten über 100 mg/dl.

Ab und zu kam Gianna zum Feierabend mit ihrem Rad bei meiner Arbeit vorbei und holte mich ab. Wir fuhren dann extra einen Umweg nach Hause, weil wir so viel Spaß am Radfahren hatten. Um über den Kreisverkehr wieder ins Dorf zu gelangen, muss man durch einen kleinen Tunnel fahren, dort fühlten wir uns wie kleine Kinder und riefen laut im Tunnel, „Juhuuuu" hallte es durch die Unterführung. Wir hatten einfach gemeinsam Spaß – nun war das Wetter im Spätherbst angekommen und das Fahren wurde sehr unangenehm, nass, kalt und dunkel. Absolut kein Fahrradwetter mehr. Somit ist die Fahrradsaison vorerst beendet, ich fiebere aber schon wieder dem Frühjahr entgegen, dass ich wieder durchstarten kann.

Ich bin meiner Frau wirklich sehr dankbar, dass sie mich dazu bewegt hat, mir ein E-Bike zu kaufen. Diese zusätzliche Bewegung und der Ausgleich zum normalen Büroalltag tut einfach gut, tut auch Jürgen gut. Im Moment bewegt er sich zwar auch die meiste Zeit unter 100 mg/dl, aber ich bin schon sehr gespannt was nach der Winterpause passiert. Sicher wird es ihn freuen, dass er dann wieder mehr Bewegung bekommt und wird wohl noch ein Stück weiter runtergehen.

In den letzten Monaten habe ich eine Reise durch Höhen und Tiefen erlebt, die mich nicht nur körperlich, sondern auch emotional stark gefordert hat. Meine Diabeteserkrankung, die ich liebevoll „Jürgen" nenne, hat mir oft die Energie geraubt und mich in Momente der Müdigkeit und Frustration gestürzt. Es ist kaum vorstellbar, wie sehr sich mein Leben um die Kontrolle meines Blutzuckers dreht. Doch ich habe gelernt, dass ich nicht zulassen kann, dass Jürgen mein Leben bestimmt. Stattdessen habe ich Wege gefunden, mich anzupassen und das Beste aus jeder Situation zu machen.

Die Angst vor meiner Augenerkrankung hat mich oft übermannt. Gedanken an eine mögliche Erblindung schienen mich in dunkle Abgründe zu ziehen. Doch in diesen Momenten der Unsicherheit habe ich die kleinen Dinge des Lebens schätzen gelernt. Ich habe begonnen, die Farben der Natur und die Lächeln meiner Liebsten bewusster wahrzunehmen. Diese kleinen Freuden sind es, die mir Kraft geben und mich daran erinnern, dass das Leben trotz aller Herausforderungen lebenswert ist.

Die Entscheidung, aktiv zu bleiben und soziale Kontakte zu pflegen, war für mich essenziell. Ich habe gelernt, dass Feiern und Spaß haben nicht zwangsläufig mit Alkohol verbunden sein müssen. Stattdessen habe ich meine Gesundheit in den Vordergrund gestellt und mich nicht von meiner Erkrankung isolieren lassen. Die Einladungen zu Partys habe ich angenommen, und ich habe festgestellt, dass ich auch ohne Alkohol Freude haben kann. Es sind die Gespräche und die gemeinsamen Erlebnisse, die zählen.

Ein Wendepunkt in meinem Leben war der Kauf des E-Bikes. Es hat mir nicht nur neue Bewegungsmöglichkeiten eröffnet, sondern auch meine Lebensqualität erheblich verbessert. Die Bewegung hat nicht nur Jürgen gutgetan, sondern auch meine Beziehung zu Gianna gestärkt. Gemeinsam haben wir die Umgebung erkundet und uns wie Kinder gefühlt, die das Leben in vollen Zügen genießen. Diese gemeinsamen Erlebnisse sind unbezahlbar und haben mir gezeigt, dass ich trotz meiner Erkrankungen aktiv und glücklich sein kann.

Jetzt, wo der Winter naht und die Fahrradsaison vorerst endet, blicke ich mit Vorfreude auf das kommende Frühjahr. Ich bin dankbar für die Unterstützung meiner Frau und die neuen Perspektiven, die sich mir eröffnet haben. Jürgen und ich sind mittlerweile Freunde geworden, und ich bin gespannt, wie sich unser gemeinsames Abenteuer weiterentwickeln wird. Trotz aller Herausforderungen habe ich gelernt, dass das Leben voller Möglichkeiten steckt, und ich bin bereit, jede einzelne davon zu ergreifen.

Kapitel 5

Strategie zur Bewältigung

Leider gibt es bei uns in der Umgebung keine Selbsthilfegruppe oder ähnliches, ein Erfahrungsaustausch und auch das Begleiten von Neudiabetikern wäre für mich und auch sicher für viele andere eine große Hilfe. Oft steht man mit Fragen allein da oder muss versuchen im Internet Antworten zu finden.

Ein erster Schritt ist der Austausch mit Katrin, Ilona und Manuel in meiner Ernährungsschulungstruppe. Das fühlt sich schon ein bisschen an, wie eine Selbsthilfegruppe, aber mit Einschränkungen. Die drei sind zwar von Diabetes betroffen, haben jedoch noch keine großen Auswirkungen auf ihr Leben erfahren. Der größte Änderungswunsch von Katrin und Ilona liegt darin, dass sie Gewicht verlieren möchten. Gern höre ich mir an, welche Strategien die beiden dazu verfolgen, gern auch einfach die Beiträge der Schulungsleiterin. So erfährt man dann ja doch immer noch das ein oder andere, was einem neu ist. Aber was wirklich fehlt ist ein Austausch mit Leuten, die vielleicht schon Folgeerkrankungen davongetragen haben, sich mit Bewältigungsstrategien auseinandersetzen wollen oder auch wirklich etwas in ihrem Leben ändern möchten.

Trotz intensiver Suche nach einer Selbsthilfegruppe bei mir in der Nähe, bin ich nicht fündig geworden. Es gibt wirklich Selbsthilfegruppen für alles und jeden, zum Beispiel für Long-Covid-Erkrankte, Adipositas, Huntington, Rheuma und viele weitere. Das erschreckte mich zunächst: „Es gibt über 11 Millionen Diabetiker in Deutschland und keine Selbsthilfegruppe in meiner Nähe?". Was machen denn die ganzen Neulinge oder die Leute, die einfach mehr darüber wissen wollen? Es kann doch nicht jeder einfach so selbst damit klarkommen. Daher habe ich den Entschluss gefasst selbst aktiv zu werden. Ich werde Kontakt zur KIBIS, „Kontakte, Informationen und Beratung im Selbsthilfebereich", aufnehmen und mich dort informieren, welche Voraussetzungen für eine Selbsthilfegruppe notwendig sind. Es gibt da wohl mehrere Möglichkeiten, die eine wäre, dass man sich einfach so in einer lockeren Runde zum Erfahrungsaustausch trifft – das wäre die einfachste Form. Aber spätestens wenn man auch Öffentlichkeitsarbeit betreiben möchte oder es um öffentliche Veranstaltungen geht, sollte man einen Verein oder eine GbR gründen. So sind dann auch Rechtsgeschäfte möglich, ohne dass man sich eventuell strafbar macht.

Einen ersten Termin dazu habe ich in der nächsten Woche. Dort werde ich hoffentlich erfahren welche Voraussetzungen notwendig sind und was ich beachten muss. Letztendlich geht es natürlich auch darum Rahmenbedingungen festzulegen und Mitglieder für die Selbsthilfegruppe zu gewinnen, auch dabei benötige ich Hilfe und hoffe auf die Unterstützung von KIBIS.

Eine eventuelle Räumlichkeit für die Gruppe habe ich schon gefunden, meine Schwiegermutter hat angeboten, dass ich den Besprechungsraum in ihrem Bürogebäude nutzen könnte. Ich bin mir aber noch nicht sicher, ob ich dieses

Angebot annehmen sollte – die Räumlichkeiten liegen leider im Keller und sind daher nicht barrierefrei zu erreichen – ein großer Nachteil bei eventuellen Teilnehmern mit Folgeerkrankungen zum Beispiel im Fußbereich.

Ich möchte mich an Betroffene, aber auch Angehörige wenden. Nicht immer versteht jeder Betroffene gleich alles und manchmal ist es vielleicht auch gut, dass ein Angehöriger dabei ist, einfach um mehr Verständnis aufzubauen.

Ich bin fest entschlossen, diesen Schritt zu gehen. Die Idee, eine Selbsthilfegruppe ins Leben zu rufen, gibt mir nicht nur das Gefühl aktiv zu werden, sondern auch die Möglichkeit, anderen zu helfen, die sich in einer ähnlichen Situation befinden. Ich kann mir vorstellen, wie wertvoll es wäre, einen Raum zu schaffen, in dem wir unsere Erfahrungen teilen, Fragen stellen und gemeinsam Lösungen finden können.

In der Vorbereitung auf das Treffen mit KIBIS habe ich darüber nachgedacht, welche Methoden mir persönlich geholfen haben, mit meiner Erkrankung umzugehen. Eine der wichtigsten

Strategien war für mich ein Tagebuch zu führen. Ich habe begonnen meine Blutzuckerwerte und meine Ernährung festzuhalten. Es war erstaunlich zu sehen, wie bestimmte Lebensmittel oder Stresssituationen Jürgen beeinflussten. Dieses Bewusstsein hat mir nicht nur geholfen meine Ernährung besser zu steuern, sondern auch meine Emotionen zu verarbeiten.

So versuche ich es, weitgehend Stress zu vermeiden oder Strategien zu erarbeiten, mit denen ich mein Stresslevel senken kann. Eine dieser Strategien beruht darauf, dass ich mir gezielt Ruhepausen am Tag einräume. Ich versuche direkte Anschlusstermine nach dem Feierabend so gut es geht zu vermeiden, ich nehme mir eine kurze Ruhepause und gehe dann neue Dinge an. Diese kleinen Auszeiten geben mir die Möglichkeit, mich zu zentrieren und den Stress des Alltags hinter mir zu lassen.

Ich habe auch gelernt, wie wichtig es ist, aktiv zu sein. Bewegung ist für mich ein gutes Ventil für meine Emotionen, so kann es für mich sehr befreiend sein eine Runde mit Amy durch das Dorf zu drehen, wenn ich den Kopf voller komischer Gedanken habe und mich davon überwältigt fühle – wenn ich wieder an meine Augenerkrankung erinnert werde. Es gibt mir ein Gefühl von Freiheit und Unabhängigkeit und ich kann dabei meine Gedanken neu ordnen.

Die Idee Angehörige mit in die Selbsthilfegruppe zu integrieren ist mir besonders wichtig. Oftmals sind es die Familienmitglieder, die die emotionalen Belastungen der Erkrankung ebenfalls spüren. Auch ich habe mich schon dabei erwischt, wie ich meinen Frust an Gianna ausgelassen habe. Ich habe mir einfach Luft gemacht und musste jammern, meckern und pöbeln. Es ist nicht immer einfach seine Gefühle im Bezug auf die Erkrankung zurück zu halten und wenn dann die Angehörigen als Ventil herhalten müssen, ist es sicher nicht gerechtfertigt, aber ich möchte, dass sie verstehen, was wir durchmachen und wie sie uns unterstützen können.

Manchmal braucht es dazu gar nicht viel, manchmal reicht ein einfaches „Wie geht es dir heute?", man braucht ab und zu eine Schulter zum Anlehnen.

Vielleicht könnten wir Workshops anbieten, in denen wir gemeinsam lernen wie man mit Diabetes umgeht und wie man als Angehöriger helfen kann. Vielleicht könnte man spezielle Abende organisieren, an denen die Angehörigen ihre Fragen stellen und auch ihre Sorgen äußern können. Es wäre eine Gelegenheit sich untereinander auszutauschen und zu lernen, wie man besser unterstützen kann. Ich kann mir gut vorstellen, dass es für die Angehörigen eine Erleichterung wäre zu wissen, dass auch sie nicht alleine sind und das es andere gibt, die ähnliche Erfahrungen gemacht haben.

Ich stelle mir vor, wie wir in der Gruppe zusammenkommen, um unsere Geschichten zu teilen. Jeder bringt seine eigenen Erfahrungen mit und wir können voneinander lernen. Vielleicht gibt es jemanden, der bereits erfolgreich mit einer bestimmten Herausforderung umgegangen ist und seine Strategie mit uns teilen kann. Diese Art des Austauschs könnte uns allen helfen neue Perspektiven zu gewinnen und uns gegenseitig zu motivieren.

Ich bin gespannt auf das Treffen mit KIBIS und darauf, welche Möglichkeiten sich mir bieten werden. Es fühlt sich gut an aktiv zu werden und etwas zu bewegen. Ich hoffe, dass ich nicht nur für mich selbst, sondern auch für andere einen Raum schaffen kann, in dem wir uns gegenseitig unterstützen und ermutigen. Denn letztendlich sind wir alle auf der gleichen Reise und gemeinsam können wir die Herausforderungen, die Diabetes mit sich bringt, besser bewältigen.

Es ist, als würde ich an der Schwelle zu etwas Neuem stehen, etwas das nicht nur mein Leben, sondern auch das Leben anderer Menschen verändern könnte. Während ich darüber nachdenke, was ich alles ansprechen möchte, kommen mir immer mehr Ideen in den Sinn. Ich möchte nicht nur Informationen sammeln, sondern auch konkrete Pläne schmieden, wie wir die Selbsthilfegruppe gestalten können.

Während ich mir Gedanken darüber mache, wie ich die Gruppe bekannt machen kann, denke ich an Gianna. Sie ist sehr gut im Umgang mit den sozialen Medien und könnte mich sicher dabei unterstützen ein Instagram-Profil aufzubauen und zu pflegen. So könnte man auf schnellem Wege Informationen verbreiten und Menschen erreichen, die vielleicht noch nichts von der Selbsthilfegruppe gehört haben. Das würde helfen neue Mitglieder zu gewinnen und sich eventuell auch zwischen den Treffen austauschen zu können.

Ich bin mir bewusst, dass es Herausforderungen geben wird und ich mit einer solchen Gruppe sicher nicht die Welt retten kann, aber vielleicht kann ich einzelne Personen damit erreichen. Es wird nicht immer einfach sein, die richtigen Leute zu finden oder die Gruppe am Laufen zu halten. Aber ich bin fest entschlossen, nicht aufzugeben. Ich habe gelernt, dass es in Ordnung ist, um Hilfe zu bitten und dass es Stärke zeigt, wenn man sich Unterstützung sucht. Ich werde meine Erfahrungen und die Methoden, die mir geholfen haben, in die Gruppe einbringen und hoffe, dass wir gemeinsam wachsen können.

Ich kann es kaum erwarten, dass sich der Mitarbeiter des KIBIS wieder bei mir meldet. Ich bin aufgeregt und nervös zugleich, aber auch voller Hoffnung. Ich stelle mir vor, wie es wohl wäre, in einem Raum zu sitzen, umgeben von Menschen, die ähnliche Erfahrungen wie ich gemacht haben, die voller Hoffnung und Träume sind und die sich austauschen wollen um diese Hoffnungen und Träume nicht zu vergessen, sondern sie zu erleben. Ich träume von einem Ort, an dem wir uns gegenseitig ermutigen, wo wir lachen, wo wir uns gegenseitig unterstützen und inspirieren und so neue Kraft tanken.

Kapitel 6

Unterstützungssysteme

Die Reise durch meine Diabetestherapie war nicht nur eine persönliche Herausforderung, sondern auch eine Entdeckung der Kraft von Unterstützungssystemen. Zu Beginn fühlte ich mich oft allein mit meiner Diagnose. Die Informationen, die ich mir selbst erarbeitete, waren überwältigend und ich hatte das Gefühl, dass ich diese Informationen nicht allein sortiert bekomme. Ich versuchte das gesammelte Wissen in meinem Kopf zu kategorisieren, zu sortieren, nützliches von unnützem zu trennen. Doch bald erkannte ich, dass ich nicht in einem Vakuum lebte und dass es Menschen um mich herum gab, die bereit waren, mir zu helfen und mich zu unterstützen. Allen voran meine Frau Gianna und meine Mutter Susanne.

Ich begann mich aktiv nach Unterstützung umzusehen. Zuerst wandte ich mich an meine Familie, meine Frau Gianna und meine Mutter Susanne. Sie waren zwar nicht immer in der

Lage die medizinischen Aspekte meiner Erkrankung zu verstehen, aber ihre emotionale Unterstützung war unbezahlbar für mich. Sie hörten mir zu, wenn ich frustriert war und feierten meine kleinen und großen persönlichen Erfolge mit mir. Diese Verbindung gab mir das Gefühl, dass ich nicht allein war und das ich auf ihre Hilfe zählen konnte – manchmal brauchte ich einfach nur mal ein offenes Ohr.

Die Unterstützung meines Arztes und des medizinischen Fachpersonals war ebenfalls entscheidend. Sie waren nicht nur meine Ansprechpartner für medizinische Fragen, sondern auch meine Coaches auf diesem Weg. Sie halfen mir, realistische Ziele zu setzen und gaben mir wertvolle Ratschläge, wie ich meine Therapie besser umsetzen konnte. Ihre Ermutigung, regelmäßig meine Fortschritte zu überprüfen, gab mir das Gefühl, dass ich aktiv an meiner Gesundheit arbeiten konnte.

Durch all diese Unterstützung lernte ich, dass das Erreichen meiner Therapieziele nicht nur meine eigene Verantwortung ist, sondern eine gemeinschaftliche Leistung mit der

Unterstützung meiner Familie ist. Ich fühle mich ermutigt meine Therapie ernst zu nehmen, weil ich weiß, dass ich es nicht alleine bin, der es schafft. Es ist es einfach Wert für mich selbst und meine Unterstützer zu kämpfen und meine Ziele nicht aus dem Fokus zu verlieren. Es ist ein dynamischer Prozess, der von mir und meinen Unterstützern abhängt. Ich bin dankbar für die Menschen in meinem Leben, die mir geholfen haben, diese Reise zu meistern. Ihre Unterstützung hat nicht nur mir geholfen meine Gesundheit zu verbessern, sondern auch mein Selbstvertrauen gestärkt. Ich kann es schaffen meine Hoffnungen und Träume zu verwirklichen, ich darf um Unterstützung bitten.

Gianna unterstützt mich tagtäglich, indem sie sich selbst im Internet informiert. Sie ist Mitglied in verschiedenen Facebookgruppen und hat mehrere Instagram-Kanäle zum Thema Diabetes abonniert. Ich erinnere mich gut an eine Situation in der wir in der Küche saßen und ich meinen gesamten Frust über meine Erkrankung bei ihr abgeladen habe. „Es ist nicht immer leicht daran zu denken, was ich essen darf und was nicht!" beklagte ich mich. „Ich weiß, dass es schwierig ist", sagte sie und nickte mir zustimmend, „Aber ich bin für dich da und unterstütze dich, wir schaffen das gemeinsam!"

Gianna hörte mir aufmerksam zu und versuchte nicht mich zu beraten oder mir Tipps zu geben, sie war in dieser Situation einfach für mich da. Gemeinsam suchten wir gesunde Alternativen zu traditionellen Gerichten, schauten nach Lösungen wie man zum Beispiel Kartoffelstampf ersetzen kann, was man für Alternativen zu Nudeln hat. So machten wir ein Spiel daraus, möglichst neue Rezepte zu finden und diese auszuprobieren. Diese gemeinsame Zeit in der Küche war nicht nur eine Unterstützung, sondern auch eine Möglichkeit Spaß zu haben und die neue Situation aufzulockern. Viele unserer neu gefundenen Rezepte schmeckten gut, andere waren dazu verdammt direkt wieder in der Versenkung zu landen.

Ein weiterer wichtiger Aspekt war die emotionale Ermutigung. Wenn ich an einem Tag besonders frustriert war, weil ich meine Blutzuckerwerte nicht im Griff hatte, waren es oft die aufmunternden Worte meiner Familie, die mir halfen, nicht aufzugeben. „Du schaffst das!", hörte ich oft, und diese einfachen Worte hatten eine enorme Wirkung auf mich. Sie erinnerten mich daran, dass Rückschläge normal sind und dass ich nicht perfekt sein muss.

Insgesamt hat mir die emotionale Unterstützung meiner Familie wohl am meisten geholfen mit der neuen Herausforderung namens Jürgen umzugehen. Ich habe gelernt, dass es auch in Ordnung ist, wenn ich mal um Hilfe bitte und es eine Stärke sein kann, sich auch mal auf andere Menschen verlassen zu können. Die Liebe und Unterstützung meiner Familie geben mir den Mut weiterzumachen und mit einer positiven Einstellung durch das Leben zu gehen, auch wenn es manchmal wirklich schwer fällt. Ich bin dankbar, dass mich meine Liebsten auf meiner bisherigen Reise begleitet haben und immer an meiner Seite stehen.

Wenn ich mich an den Tag meiner Diagnose zurückerinnere, dann denke ich zuerst an das besorgte Gesicht meiner Mutter, denn sie war es ja, die mich zum Augenarzt begleitet hat und damit die Erste war, die die Vermutung des Arztes von mir zu hören bekam. Es war sicher nicht nur die Sorge um meine Gesundheit, sondern wahrscheinlich auch die Sorge um meine Zukunft.

Ich konnte die Anspannung spüren, als wir wieder im Auto saßen. Susanne, die auf der Hinfahrt noch ganz cool und abgeklärt war, wirkte jetzt plötzlich verletzlich. Ich sah, wie sie versuchte ihre Sorgen zu verbergen, aber ich kannte sie ja schon lange und durchschaute ihre Art.

Gianna war anfangs emotional oft aufgewühlt. Sie wollte mir helfen, aber manchmal schien sie überfordert mit der Situation. Ich erinnere mich an einen Nachmittag, als sie in der Küche stand und eine kleine Träne im Augenwinkel hatte, während sie ein gesundes Essen für uns kochte. Sie wollte, dass ich alles richtig mache, dass sie alles richtig macht – ich merkte, wie sehr sie sich Sorgen machte. Es war, als ob sie die Kontrolle über die Situation verloren hätte und das machte mich traurig. Ich wollte sie nicht belasten, aber gleichzeitig fühlte ich mich schuldig, weil ich ihre Sorgen nicht lindern konnte. Wenn wir zusammen waren, spürte ich oft, dass sie genau darauf achtete was ich aß oder wie ich mich fühlte. Manchmal kam ich mir vor, als wäre ich ein Projekt das ständig überwacht werden muss.

Es war ja nicht ihre Absicht, aber ich konnte die ständige Besorgnis in ihren Blicken sehen und in ihrer Stimme hören „Mach dein Handy auf laut" sagte sie mir, bevor ich mit Amy eine Runde drehte. Kam ich mal nicht zur ungefähr abgeschätzten Zeit zurück, rief sie mich sofort an: „ich dachte dir ist was passiert, wo bist du denn?" – dabei hatte ich mich nur mit einem zufällig getroffenen Bekannten festgequatscht. Ich wollte doch einfach normal sein, am Leben teilnehmen und nicht meine Erkrankung in den Mittelpunkt stellen.

Mit all diesen Herausforderungen habe ich aber auch Stärke und Zusammenhalt meiner Familie erlebt. Ich habe gelernt etwas mehr über meine Gefühle zu sprechen, auch wenn ich dabei noch ziemlich am Anfang stehe und noch viel üben muss – es wird langsam besser.

Meine Diagnose hat also nicht nur mein Leben verändert, sondern auch das meiner Familie auf den Kopf gestellt. Wir haben gelernt, dass es in Ordnung ist verletzlich zu sein und das wir gemeinsam Stark sind. Die emotionale Belastung ist Teil unserer Reise, aber sie hat uns auch gelehrt, wie wichtig es ist füreinander da zu sein und uns gegenseitig zu unterstützen.

Die Herausforderungen bleiben zwar, aber ich fühle mich besser gerüstet ihnen zu begegnen. Ich weiß jetzt, dass ich nicht alleine bin und dass ich auf die Unterstützung meiner Familie zählen kann. Diese Erkenntnis gibt mir die Kraft weiterzumachen und die positiven Aspekte meines Lebens zu schätzen, auch wenn die Umstände nicht ideal sind.

So wird meine Reise durch die Diabetestherapie weiterhin eine Reise der Selbstentdeckung und Selbstverwirklichung. Ich bin bereit die Herausforderungen weiterhin anzunehmen und das Beste aus meiner Situation zu machen – für mich selbst und für die Menschen, die mich lieben.

Kapitel 7

Lebensqualität und Perspektiven

Die Diagnose Diabetes und die damit verbundene Augenschädigung können zunächst wie unüberwindbare Hindernisse erscheinen. Doch trotz dieser Herausforderungen gibt es zahlreiche Träume und Ziele, die ich als Diabetiker mit Augenschädigung verfolge. Diese Träume sind oft nicht nur persönliche Bestrebungen, sondern auch Ausdruck von Resilienz, Kreativität und dem unermüdlichen Willen, das Leben in vollen Zügen zu genießen.

Mit der Zeit lernte ich, meine Diagnosen als Teil meiner Identität zu akzeptieren, ohne mich von ihnen definieren zu lassen. Ich erkannte, dass ich nicht allein die Kontrolle über mein Leben hatte. Ich konnte meine Entscheidungen treffen, meine Träume verfolgen, musste aber immer Rücksicht auf Jürgen nehmen und meine Träume und Ziele entsprechend anpassen. Mein unermüdliches Streben nach Wissen, ohne auf traditionelle Bildungsformate angewiesen zu sein, hat mir geholfen neue Wege zu finden, um meine Ziele zu erreichen. Ich begann mich in Online-Communities zu informieren und Podcasts zu hören, die mich inspirierten und motivierten. So konnte ich mein Neugier stillen und gleichzeitig meine Fähigkeiten erweitern, ohne mich von den Einschränkungen meiner Erkrankung aufhalten zu lassen.

Ein großer Traum von mir war es, eines Tages ein Buch zu schreiben. Ich wollte meine Erfahrungen und Erkenntnisse teilen, um anderen Menschen in ähnlichen Situationen Mut zu machen. Die Idee meine Geschichte zu erzählen und anderen zu zeigen, dass ein erfülltes Leben trotz Diabetes und Augenschädigung möglich ist, gab mir einen Antrieb, den ich nicht ignorieren konnte. Ich begann, regelmäßig zu schreiben, meine Gedanken und Gefühle in Worte zu fassen. Es war eine Art Therapie für mich und ich stellte fest, dass ich durch das Schreiben nicht nur meine eigenen Emotionen verarbeiten konnte, sondern auch eine Verbindung zu anderen Menschen aufbauen konnte. Ich fühlte mich nicht mehr allein mit meiner Erkrankung, sondern stieß beim Stillen meines Wissensdurstes auf viele weitere Menschen, die selbst erkrankt sind und ihr Schicksal in Online-Communities teilten, nicht nur die Rückschläge, sondern vor allem auch ihre Erfolge, auch wenn sie vielleicht klein waren. Für gesunde Menschen vielleicht unerheblich, stellten sie für die Erkrankten doch einen großen Erfolg dar. So konnte es für einige schon ein Riesenerfolg sein, dass sie ihre Insulindosis um zwei Einheiten senken konnten, für andere wiederum war es ein großer Erfolg, dass sie auf einer Feier waren und den dort angebotenen Süßigkeiten widerstehen konnten.

In all diesen Bestrebungen fand ich nicht nur Freude, sondern auch eine tiefere Bedeutung in meinem Leben. Ich erkannte, dass meine Erkrankungen zwar Herausforderungen mit sich bringen, sie aber auch die Möglichkeit bieten, meine Perspektive zu erweitern und meine Träume auf neue Weise zu verwirklichen. Ich lernte, dass es nicht darum geht, die perfekte Gesundheit zu haben, sondern darum, das Beste aus dem zu machen, was ich habe.

Heute blicke ich mit Zuversicht in die Zukunft. Ich habe gelernt, dass ich trotz meiner Einschränkungen ein erfülltes Leben führen kann. Meine Träume sind nicht verschwunden, sie haben sich weiterentwickelt und angepasst. Ich bin entschlossen, weiterhin zu lernen, zu wachsen und meine Ziele zu verfolgen, egal welche Herausforderungen mir begegnen. Denn letztendlich ist es mein Leben, und ich habe die Macht, es nach meinen Vorstellungen zu gestalten.

Ich habe auch darüber nachgedacht, wie ich meine Leidenschaft für das Schreiben weiter ausbauen kann. Vielleicht könnte ich nicht nur ein Buch schreiben, sondern auch einen Blog starten, in dem ich regelmäßig über meine Erfahrungen, Tipps und Erfolge berichte. Ich möchte eine Plattform schaffen, auf der ich nicht nur meine Geschichte teile, sondern auch die Geschichten anderer Menschen, die mit Diabetes leben.

Das gibt mir das Gefühl, dass es nicht nur für mich selbst, sondern auch für andere einen Unterschied machen kann. Ich bin entschlossen diese Möglichkeiten zu erkunden und zu sehen, wohin sie mich führen. Das Leben steckt voller Überraschungen und es ist nie zu spät Träume zu verwirklichen.

Kapitel 8

Ausblick und Hoffnung

Was wird die Zukunft bringen? Was wird die Medizin noch erreichen? Wie kann Betroffenen geholfen werden? Diese Fragen schwirren mir im Kopf herum.

Ich denke, dass das Thema Diabetes eine immer größere Rolle in der Menschheit spielen wird. Durch die Industrialisierung und der damit verbundenen schnelllebigeren Welt wird es dazu führen, dass immer mehr Menschen an Diabetes erkranken werden. Die Forschung und Medizin ist also am Zug dem entgegenzuwirken.

Die Früherkennung wird immer besser. So lassen sich Diagnosen schon stellen, bevor es zu schwerwiegenden Folgeschäden kommt. Der Einsatz von KI-unterstützten Systemen wird dazu führen, dass Diagnosen frühzeitiger und gesicherter gestellt werden können, so kann die Progression verlangsamt oder gestoppt werden.

Am besten wäre natürlich, wenn die Forschung ein Mittel finden würde, mit dem sich die Diabetes komplett heilen lassen könnte. Vielleicht ein Mittel welches die Insulinproduzierenden-Zellen der Bauchspeicheldrüse wieder reaktivieren kann und gleichzeitig die Insulinresistenz rückgängig macht. Das wäre wirklich eine Traumvorstellung für jeden Diabetiker – wieder unbeschwert leben können, ohne Angst vor Folgeerkrankungen, einfach mal in ein Stück Schokolade beißen, ohne ein schlechtes Gewissen zu bekommen. Einfach alles essen worauf man Lust hat, ohne auf Kohlenhydrate zu achten, Kartoffeln, Pommes, Pizza, Gebäck, ich würde einen ausgiebigen Schlemmertag einlegen.

Als kleinen Zwischenerfolg der Forschung sollte man allerdings auch schon sehen, dass die Blutzuckermessung einfacher und schmerzfreier gestaltet wird. So werden im Moment viele neue CGM-Systeme, also Sensoren, die man zum Beispiel am Arm trägt und die dann den Gewebeblutzucker dauerhaft messen, immer mehr und immer preisgünstiger angeboten. Diese Sensoren lassen sich bequem mit dem

Smartphone verbinden und übertragen in regelmäßigen Abständen den aktuellen Gewebezuckerwert. So hat man auf jeden Fall schon einmal einen Indikator dafür, welche Lebensmittel man in welcher Menge verträgt.

Eine weitere Neuerung, an der zur Zeit gearbeitet wird, ist ein Blutzuckermessgerät welches, ähnlich wie ein Oximeter, einfach über den Finger gestülpt wird und dann mittels Infrarot die Höhe des Blutzuckers bestimmen kann. Wann diese Geräte verfügbar sein werden, das steht allerdings noch in den Sternen.

Auch für Leute, die bereits von Folgeschäden betroffen sind, wird es Lösungen geben, da bin ich mir ganz sicher. Vielleicht werden sich nicht alle Folgeschäden beheben lassen, aber zumindest wird es bestimmt Möglichkeiten oder Geräte geben mit denen das Leben einfacher gestaltet werden kann. Vielleicht wird es für Augenschädigungen eine Art Visor geben. Ähnlich wie bei Star Trek, mittels Microchip-Schnittelle im Gehirn werden dann die Bilder übertragen, vielleicht lässt sich damit sogar für blinde Menschen ein völlig neues Leben schaffen. Vielleicht wird es auch Geräte geben, die die Nierenfunktion komplett ersetzen können und so Menschen mit Nierenschäden ein unbeschwertes Leben führen können. Vielleicht wird es für Diabetiker mit Neuropathie in den Füßen Strümpfe geben, die das Gefühl in den Füßen simulieren können.

Das alles sind sicher Wunschgedanken und vielleicht habe ich auch ein zu großen Vertrauen in Forschung und Entwicklung, aber ich bin mir ganz sicher, dass wir alle nicht den Kopf hängen lassen sollten.

Es wird etwas passieren! Diese Überzeugung gibt mir Kraft und Hoffnung. Ich stelle mir vor, wie die nächsten Jahre aussehen könnten, wenn die Forschung weiterhin so dynamisch voranschreitet. Vielleicht werden wir eines Tages in einer Welt leben, in der Diabetes nicht mehr als unüberwindbare Herausforderung gilt, sondern als eine behandelbare Erkrankung, die mit den richtigen Mitteln und Technologien gut im Griff zu halten ist.

Ich träume von einer Zukunft, in der Menschen mit Diabetes nicht mehr ständig an ihre

Krankheit erinnert werden. Stellen wir uns vor, dass es tragbare Technologien gibt, die nicht nur den Blutzucker messen, sondern auch automatisch die benötigte Insulinmenge berechnen und abgeben. Diese Geräte könnten mit einer App verbunden sein, die nicht nur die Werte überwacht, sondern auch Ernährungstipps gibt und sogar Rezepte vorschlägt, die auf den individuellen Blutzuckerwerten basieren. So könnte jeder Diabetiker lernen, wie er seine Ernährung optimal anpassen kann, ohne auf Genuss verzichten zu müssen.

Darüber hinaus könnte die Forschung auch neue Wege finden, um die Lebensqualität von Menschen mit Diabetes zu verbessern. Ich stelle mir vor, dass es Programme gibt, die nicht nur medizinische Unterstützung bieten, sondern auch psychologische Hilfe. Denn die emotionale Belastung, die mit einer chronischen Erkrankung einhergeht, ist oft genauso herausfordernd wie die körperlichen Symptome. Unterstützung durch Therapeuten, Selbsthilfegruppen und Online-Communities könnte dazu beitragen, dass Betroffene sich weniger allein fühlen und besser mit ihrer Erkrankung umgehen können.

Die Rolle der Aufklärung darf dabei nicht unterschätzt werden. Schulen und Gemeinschaften könnten Programme entwickeln, um das Bewusstsein für Diabetes zu schärfen und Vorurteile abzubauen. Kinder und Jugendliche könnten lernen, wie sie sich gesund ernähren und aktiv bleiben können, um das Risiko, selbst zu erkranken, zu minimieren. Auf diese Weise könnten wir eine Generation heranziehen, die besser informiert und besser vorbereitet ist, um mit den Herausforderungen von Diabetes umzugehen.

Ich bin mir sicher, dass wir in den kommenden Jahren auch mehr über die genetischen Faktoren von Diabetes erfahren werden. Vielleicht wird es eines Tages möglich sein, durch Gentherapien präventiv gegen die Erkrankung vorzugehen. Die Vorstellung, dass wir durch gezielte Eingriffe in das Erbgut das Risiko, an Diabetes zu erkranken, senken können, ist faszinierend und könnte das Leben vieler Menschen verändern.

Natürlich gibt es noch viele Herausforderungen zu bewältigen, und nicht alle Wünsche werden in Erfüllung gehen. Aber ich glaube fest daran, dass die Kombination aus Forschung, Technologie und Aufklärung uns auf einen vielversprechenden Weg führt. Es ist wichtig, optimistisch zu bleiben und die Entwicklungen aufmerksam zu verfolgen. Denn eines ist sicher: Die Zukunft hält viele Möglichkeiten bereit, und ich bin bereit, sie zu ergreifen.

Kapitel 9

Schlusswort

Wenn ich heute auf die Reise zurückblicke, die ich mit meiner Diagnose „Diabetes" und der damit verbundenen Augenerkrankung durchlebt habe, wird mir bewusst, wie wichtig es ist, über diese Themen offen zu sprechen. Mein Weg war geprägt von Herausforderungen, Ängsten und auch von Momenten der Hoffnung. Doch vor allem habe ich gelernt, dass Diabetes mehr ist als nur eine Krankheit – es ist ein Teil meines Lebens, der mich verändert und geprägt hat, aber nicht definiert.

Ich hoffe, dass meine Geschichte Ihnen einen Einblick in die Realität des Lebens mit Diabetes gegeben hat. Es ist leicht in Vorurteile zu verfallen oder vorschnelle Urteile zu fällen, wenn man nicht selbst betroffen ist. Doch hinter jeder Diagnose steht ein Mensch mit seinen eigenen Kämpfen, Träumen und Hoffnungen. Es ist an der Zeit Empathie und Verständnis für die

Herausforderungen zu entwickeln, die viele Menschen mit Diabetes täglich bewältigen müssen.

Lassen Sie uns gemeinsam die Stigmatisierung abbauen und Vorurteile hinterfragen. Jeder von uns hat eine Geschichte zu erzählen und es ist wichtig zuzuhören und zu lernen. Lassen sie uns eine Gemeinschaft schaffen, die sich gegenseitig unterstützt, anstatt zu verurteilen. Denn nur durch Verständnis und Sensibilität können wir einen positiven Wandel bewirken – nicht nur für Menschen mit Diabetes, sondern für alle, die mit chronischen Erkrankungen leben.

Vielleicht sind Sie selbst betroffen, vielleicht kennen Sie jemanden, der betroffen ist, vielleicht kennen Sie mich persönlich, vielleicht waren Sie einfach neugierig. Ich danke Ihnen, dass Sie mich auf dieser Reise begleitet haben. Ich hoffe meine Geschichte hat dazu beigetragen das Bewusstsein für Diabetes zu schärfen und ein Zeichen der Solidarität zu setzen.

Gemeinsam können wir ein Welt schaffen, in der jeder Mensch mit Respekt und Mitgefühl behandelt wird!

Vielen Dank!

Sebastian Weidel

Rezepte

Gefüllte Zucchini mit Thunfisch

Einkaufsliste:

- 2x mittelgroße Zucchini
- 1x Packung Frischkäse
- 1x Packung Feta
- 2x Dose Thunfisch in Öl
- 1x Packung geriebener Gouda
- 1x Zwiebel
- Paprikapulver, Salz, Pfeffer

Rezept:

Die Zwiebel kleinschneiden und anbraten, währenddessen die Zucchini halbieren und mit einem Teelöffel auskratzen. Etwa die Hälfte des Ausgekratzten mit in die Pfanne geben und weiter anbraten. Den Thunfisch abgießen und mit in die Pfanne geben, dann etwa eine halbe Packung Frischkäse und eine halbe Packung Feta mit dazugeben, alles so lange in der Pfanne braten, bis sich eine cremige Masse entwickelt hat. Nach Geschmack mit Paprikapulver, Salz und Pfeffer würzen. Die ganze Masse gleichmäßig in

die Zucchinihälften geben und bei 180°C Heißluft im Backofen ca. 15-20 Minuten lang backen.

Dann den Gouda draufgeben und nochmal ca.
15 Minuten lang backen.

Hähnchen Mozzarella mit Avocadosalat

Einkaufsliste:

- 2x Hähnchenbrust
- 1x Mozzarella
- 1x Avocado
- 1x Salatgurke
- 1x Tomaten
- 1x Limette
- 1x American Dressing

Rezept:

Die Hähnchenbrust mit Salz, Pfeffer und Paprikapulver würzen und eine Tasche hineinschneiden. Den Mozzarella in Scheiben schneiden und in die Tasche der Hähnchenbrust stecken, mit Zahnstochern verschließen.

Avocado, Gurke und Tomaten in kleine Stücke schneiden und vermengen, mit Olivenöl, Salz und Pfeffer würzen. Den Saft einer Limette über den Salat geben und mit American Dressing anrichten.

Die Hähnchenbrust bei 200°C Umluft ca. 35 Minuten im Backofen garen.

Gefüllte Paprika

Einkaufsliste:

- 4x rote Paprika
- 500 g Rinderhackfleisch
- 200 g Creme Fraiche
- 1 Dose Kichererbsen
- 2 EL Tomatenmark
- 1x geriebener Gouda

Rezept:

Das Hackfleisch anbraten, dann das Tomatenmark hinzugeben und weiter anbraten. Creme Fraiche und die Kichererbsen hinzugeben, mit Salz, Pfeffer und Paprikapulver würzen.

Die Paprika aushöhlen und die Hackfleischmasse hineinfüllen.

Bei 200°C Umluft ca. 30 Minuten im Backofen garen, dann den Käse darauf streuen und nochmal 15 Minuten lang weiter garen.

Ofengemüse mit Feta

Einkaufsliste:

- 1x Zucchini
- 4x Möhren
- 2x Paprika
- 1x Lauch
- 2x Feta

Rezept:

Alles in kleine Stücke schneiden mit Salz und Pfeffer würzen, Olivenöl darüber geben.

Den Feta auf das Gemüse legen, mit Oregano und anderen Gewürzen nach Wahl würzen.

Bei 200°C Umluft ca. 25-30 Minuten garen.

Garnelen mit Salat

Einkaufsliste:

- 2 Packungen TK-Garnelen
- 1x Salatmix
- Tomaten
- Paprika
- Salatdressing nach Wahl

Rezept:

Das Gemüse in kleine Stücke schneiden und mit dem Salatmix vermengen. Mit Salz und Pfeffer würzen, Olivenöl hinzugeben. Mit dem Salatdressing anrichten.

Die Garnelen braten und mit zu dem Salat geben.

Gyrosauflauf

Einkaufsliste:

- 2x Schnitzel oder Hähnchenbrust
- 2x rote Paprika
- 300 ml Gemüsebrühe
- 200 ml Creme Fine
- 1x geriebener Gouda

Rezept:

Das Fleisch in dünne Streifen schneiden und mit Gyrosgewürz würzen. Die Paprika kleinschneiden und zu dem Gyros geben, alles weiter braten. Die Gemüsebrühe und Creme Fine dazugeben. Ca. 10 Minuten auf kleiner Stufe köcheln lassen.

In eine Auflaufform geben, mit dem Käse bestreuen und bei 200°C Umluft ca. 25 Minuten backen.

Blumenkohl-Brokkoli Auflauf

Einkaufsliste:

- 300 g TK-Blumenkohl
- 300 g TK-Brokkoli
- 200 g Kochschinken
- 200 g Frischkäse
- 100 ml Gemüsebrühe
- 1x geriebener Gouda

Rezept:

Blumenkohl und Brokkoli ca. 10 Minuten lang in der Gemüsebrühe dünsten. Den Kochschinken in kleine Stücke schneiden und zusammen mit dem Frischkäse zum Blumenkohl und Brokkoli geben. Mit Salz und Pfeffer würzen, dann in eine Auflaufform geben und mit dem Käse bestreuen.

Bei 200°C Umluft ca. 15-20 Minuten lang backen.

Pizzasuppe

Einkaufsliste:

- 500 ml Gemüsebrühe
- 400 g gehackte Tomaten
- 300 g gemischtes Hackfleisch
- 100 g Salamischeiben
- 100 g Frischkäse
- 1x rote Paprika

Das Hackfleisch in einem Topf gut durchbraten, dann die Salamischeiben dazugeben. Paprika kleinschneiden und auch mit in den Topf geben. Die gehackten Tomaten und die Gemüsebrühe hinzufügen. Kurz aufköcheln lassen und dann den Frischkäse hinzugeben. Mit Oregano, Salz und Pfeffer würzen.

Gulaschsuppe

Einkaufsliste:

- 1 kg Rindergulasch
- 400 g gehackte Tomaten
- 400 ml Rinderbrühe
- 100 ml trockener Rotwein
- 2x rote Paprika
- 3x Möhre
- 1x Zwiebel
- 2 EL Tomatenmark
- 2x Lorbeerblatt

Rezept:

Die Paprika, Zwiebel und die Möhren in kleine Stücke schneiden. Mit einem guten Stück Butter im Topf anbraten. Das Tomatenmark hinzugeben und noch etwas weiter braten. Dann mit dem Rotwein ablöschen. Die Brühe und die gehackten Tomaten hinzufügen. Anschließend auch die Lorbeerblätter mit in den Topf geben.

Zum Schluss das Gulaschfleisch hinzufügen, die Hitze auf kleine Stufe stellen und den Deckel auf den Topf legen. Alles ca. 90 Minuten lang köcheln, gelegentlich umrühren.

Im April 2024 wird mein Leben durch die Diagnose Diabetes und eine beginnende Augenerkrankung auf den Kopf gestellt. Mit einem durcheinandergeratenen Farbsehen und der Unsicherheit über meine Gesundheit beginne ich, mich mit meiner neuen Realität auseinanderzusetzen. Die Geschichte erzählt von den Herausforderungen, die ich und meine Frau Gianna bewältigen müssen, während wir versuchen, ein normales Leben zu führen.

Durch Rückschläge und Ängste lerne ich, die kleinen Dinge des Lebens zu schätzen und entwickele Strategien, um mit meiner Erkrankung umzugehen. Unterstützung von Familie und Freunden wird zu einem zentralen Thema, während ich gleichzeitig die Bedeutung von Aufklärung und Gemeinschaft erkenne.

Meine Reise ist geprägt von der Suche nach einem erfüllten Leben trotz Diabetes, der Entdeckung neuer Perspektiven und der Hoffnung auf eine bessere Zukunft. Ein inspirierendes Buch über Resilienz, Selbstakzeptanz und die Kraft der Unterstützung in schwierigen Zeiten.